LIBERTÉ...
SURVEILLÉE

roman à six mains

Texte : Cécile Gagnon
Roger Poupart — Robert Soulières

Illustrations : Stéphane Poulin

Éditions Paulines

Photocomposition et montage : *Éditions Paulines*

ISBN 2-89420-183-4

Dépôt légal — 4e trimestre 1993
Bibliothèque nationale du Québec
Bibliothèque nationale du Canada

© 1993   Éditions Paulines
              3965, boul. Henri-Bourassa Est
              Montréal, QC, H1H 1L1

Présentation

Qui a dit que l'écriture était un travail de solitaire? Vous vous apprêtez à lire la preuve du contraire. Ensemble, trois auteurs pour la jeunesse, Cécile Gagnon, Roger Poupart et Robert Soulières, ont mijoté une intrigue, campé des personnages, visité les lieux de l'action, avant de se mettre à l'ouvrage pour écrire chacun un chapitre, à tour de rôle, et inventer *Liberté... surveillée.*

Voici le résultat de cette étrange course à relais littéraire. Une course après les mots, étalée sur huit mois, où les trois écrivains ont traversé l'épreuve du travail en équipe et vécu toute la gamme d'émotions qui l'accompagne: le bonheur total et la grande déprime, les grincements de dents et les fous rires contagieux, l'envie soudaine de sauter au

cou de ses coauteurs pour les embrasser
fraternellement... ou les étrangler vifs.

Bonne lecture!

1

Bisbille à l'école

Il y a de l'excitation dans l'air et les élèves discutent ferme.

 — Pourquoi on n'irait pas à l'Insectarium? demande Hugo, l'entomologiste en herbe de la classe.

— Aaarch! J'haïs les bébites, s'écrie Mélanie.

— Le Planétarium d'abord? propose Éric-le-lunatique.

— Regarder au plafond trop longtemps, ça me donne le torticolis, répond Simon. On devrait plutôt visiter le Funiculaire.

— Le quoi?

— Le Funiculaire. Le mât du stade Olympique, si tu préfères.

— Bah! Monter, regarder en bas et s'en retourner chez soi, c'est bien trop plate, soupire Fabien-le-grognon, affalé sur sa chaise et les deux pieds sur son pupitre.

— On pourrait aller voir jouer les Expos, suggère un autre élève.

— Ah! non. Moi, je déteste le baseball, s'exclame Stéphanie, l'hyperactive de la classe. C'est bien trop endormant.

— Et les hot-dogs sont indigestes, ajoute Mireille, celle qui compte ses calories.

— Pourquoi vous voulez absolument aller à Montréal? demande Pablo, avec un soupçon d'accent espagnol. Pourquoi on ne ferait pas une activité de plein air? Un gros pique-nique, une baignade, de l'alpinisme. Bouger un peu, pour une fois...

— Ayoye! Le plein air, moi, ça me rend malade... soupire Fabien.

* * *

Ce que vous venez de lire est à peu près le compte rendu officiel des débats, dans la classe de sixième année de Julie Massé, d'une école de Sorel, en ce 8 juin sombre et pluvieux à souhait. Et comme c'est souvent le cas les jours de pluie, on se tombe plus facilement sur les nerfs les uns les autres...

Vous aurez probablement deviné que les élèves de Julie Massé essaient tant bien que mal de s'entendre sur leur sortie de fin d'année scolaire, prévue dans deux semaines. On cherche un consensus. La tâche n'est pas facile du tout.

Julie pensait bien faire. Elle s'en mord les pouces à présent. Elle observe, un peu dépitée, le comportement de ses élèves d'habitude plus tranquilles. Aujourd'hui, c'est la confusion totale.

Ceux qui parlent le font tous en même temps, certains font du chahut quand les idées de leurs camarades ne leur plaisent pas, d'autres boudent derrière leurs pupitres ou encore tuent le temps en confectionnant des avions de papier...

Bref, on se croirait à la Chambre des communes ou au Sénat. La différence, c'est que les acteurs ont 12 ans plutôt que 72...

Julie lève la main. Eh oui, elle doit lever la main pour obtenir droit de parole dans ce tohu-bohu. Elle demande aux élèves un peu de silence.

— C'est certain qu'on ne pourra pas trouver l'activité qui plaira à tout le monde, dit-elle. Comme vous savez, il faut parfois faire des concessions dans la vie.

— Tiens! Ma mère aussi pense ça, lance Fabien, sur un ton mi-figue, mi-raisin.

— C'est un bon exercice de démocratie que nous vivons là, poursuit Julie sans trop porter attention à la remarque de Fabien. Si vous n'êtes pas capables d'en profiter, on va retourner à un genre de gouvernement... disons, plus dictatorial.

La cloche sonne. Fin du round. Bruit de chaises sur le linoléum. Les élèves se précipitent hors de la classe. Il y aurait le feu que l'évacuation des lieux ne serait pas plus expéditive! Julie est forcée de crier pour se faire entendre.

— Pensez-y pendant la récréation. On prendra dix minutes au retour... avant la révision de l'examen final de mathématiques.

La phrase tombe comme un coup de tonnerre. Consternation générale.

Il a suffi de deux petits mots, cinq syllabes à peine, *examen* et *final* pour jeter une douche froide sur les esprits trop échauffés. De quoi faire rentrer dans les rangs les sujets les plus dissipés, mettre au pas le groupe le plus turbulent. Ah! l'étonnant pouvoir des mots.

* * *

Dehors, c'est l'orage. Un orage enragé. Pas question d'aller se faire tremper. La récréation se passe à l'intérieur, entre les rangées de casiers. Et la négociation est serrée.

Un petit groupe se forme autour de Fabien.

— Pourquoi faire absolument quelque chose? demande-t-il à son entourage. On pourrait aussi bien commencer nos vacances plus tôt! Non?

— Fabien a raison, disent ses supporteurs. On se louera des vidéos chez nous.

— Je suis contre, objecte Simon. C'est la dernière fois qu'on est ensemble. Au secondaire, on se perdra de vue. Il faut souligner l'événement.

Un autre groupe se rassemble autour de Caroline, celle qui vient de remporter le concours d'art oratoire du club Optimiste de la région.

Caroline est la présidente de sa classe. Son rêve est de devenir une grande avocate ou encore mieux, présidente de la république québécoise. On le constate, ce n'est pas l'ambition qui lui manque. Elle a du bagout et plusieurs garçons ont le béguin pour elle...

Le dos appuyé contre les casiers, les élèves font leurs suggestions. De la grande virée à La Ronde, en passant par une randonnée à bicyclette, une excursion en forêt, une mini-visite au Palais des nains... Ainsi de suite.

Quelqu'un propose le plus sérieusement du monde d'aller à Disneyworld.

— En Floride? T'es tombé sur la tête! On n'aura jamais assez d'argent, voyons!

En effet, à 5¢ la canette récupérée, le

budget de sortie scolaire ne permet pas une telle escapade.

Tous les goûts sont dans la nature, c'est vrai. Et il faut croire qu'ils sont là pour être discutés... comme en témoigne l'intense animation autour des casiers.

Tel un espion, Simon, alias «le grand fanal», se balade d'un groupe à l'autre et il écoute ce qui se trame. Il tient son surnom de son physique. À 12 ans, il mesure déjà 1 mètre 80 et son long cou lui donne une allure de périscope terrestre. En outre, il voit tout, il entend tout.

À l'écart des discussions en cours, Simon note la présence de Gabriel, le front collé contre la grande fenêtre du corridor. Gabriel porte de petites lunettes rondes qui lui donnent un air intellectuel. Un air perdu dans les nuages aussi.

Gabriel semble, permettez le jeu de mots, totalement absorbé par la pluie... Disons qu'il est fasciné par la vigueur de l'orage, par la violence avec laquelle la pluie frappe contre la fenêtre. Dehors, on ne voit pas à 10 mètre devant soi.

Simon s'approche de Gabriel sans faire de bruit, pour lui faire peur.

— Beuh!

Plongé dans ses observations, Gabriel ne bouge même pas.

Il se retourne nonchalamment et remarque la présence de Simon.

— Ah! C'est toi. Salut!

Simon demande à Gabriel le projet de sortie qu'il préfère.

— Quelle sortie? demande Gabriel.

— La sortie scolaire, c't'affaire?

— Je ne suis pas au courant. J'ai dû être distrait en classe, répond tout bonnement Gabriel en se tournant machinalement vers la fenêtre.

Simon n'en revient pas! C'est pourtant Gabriel tout craché! Jamais il n'a besoin d'étudier pour réussir.

On jurerait qu'il a un sixième sens, que les choses importantes lui entrent dans la tête sans qu'il ait besoin d'écouter. Sans qu'il lui faille interrompre ses rêveries...

De quoi faire des jaloux.

Simon lui explique ce qui s'est passé

pendant la période du matin et Gabriel donne son opinion.

— J'aimerais bien aller au parc Safari, dit-il. J'ai fait une recherche sur le tigre du Bengale, cette année. Je sais qu'ils en ont des spécimens à Hemmingford. Ça me plairait de les voir *de visu*. Regarder une bête capable de manger cinq kilos de viande par repas. Et pas n'importe quelle sorte de viande. Du buffle, du lézard, du crocodile...

— C'est pas une mauvaise idée, ça! dit Simon, en se promettant de la soumettre aux autres.

* * *

Au retour de la récréation, Julie explique aux élèves qu'elle va noter leurs suggestions avant de procéder à un vote.

— À main levée ou secret, le vote? demande Caroline, déjà parfaitement au courant des différents modes de scrutin.

On choisit le vote à main levée. Après tout, le sort de la nation n'en dépend pas.

Julie écrit au tableau les idées des élèves.

Comme on s'en doutait, Fabien-le-grognon et sa bande votent pour ne rien faire.

Luc Pèlerin pousse le projet d'un voyage à l'Oratoire... mais il est seul dans son camp.

Simon propose la visite au parc Safari. La réaction est plutôt bonne, mais la journée à La Ronde, appuyée par Caroline, gagne aussi la faveur des élèves. Et plusieurs garçons, dans l'espoir de marquer des points aux yeux de la belle Caroline, décident de voter comme elle.

Au moment de départager les votes, les deux propositions finissent nez à nez. «On n'est pas plus avancés», se dit Julie. Que faire?

Julie a toutefois remarqué que Gabriel n'a pas participé au scrutin. Abstention volontaire ou simple étourderie de sa part? Vérification faite, Gabriel a tout simplement oublié... de lever sa main.

— Pour quoi tu votes? lui demandent en chœur ses camarades de classe.

—J'aimerais bien rendre visite aux tigres du Bengale du parc Safari, répond-il.

—Hourrah! crient les élèves favorables à la sortie au parc Safari.

—Chooooooou! s'époumonent les autres, y compris Fabien et sa bande.

Et le pauvre Gabriel ne comprend pas ce qui se passe, ni comment il a pu provoquer une telle réaction.

—Parfait! dit Julie Massé, en secouant ses mains couvertes de craie. Gabriel a tranché. On ira au parc Safari. Maintenant, passons aux choses sérieuses. L'examen de mathématiques...

* * *

Dehors, la pluie a cessé et le soleil montre fièrement ses rayons, comme s'il était pressé de faire disparaître les traces de l'orage et les flaques d'eau de la cour de récréation.

En attendant l'autobus pour rentrer à la maison, les élèves de Julie Massé ont vite fait d'oublier leurs désaccords du

matin. On pense beaucoup plus aux projets de grandes vacances qu'à l'école. On
pense bien plus au parc Safari qu'à l'examen final de mathématiques...

2

C'est un départ!

Enfin, le grand jour est arrivé. Non pas le jour J ni le jour M ou le jour 1,44$, mais bien le jour PS comme dans parc Safari. C'est aussi l'heure H... comme dans Hemmingford.

Le temps est absolument splendide en ce 21 juin. C'est à croire que Luc Pèlerin a prié toute la nuit pour qu'il fasse beau.

Comme à chaque sortie de fin d'année scolaire, Julie Massé est à la fois heureuse et mélancolique. Heureuse de vivre cette dernière journée avec ses petits monstres adorés, et mélancolique à l'idée de les quitter, car elle sait bien qu'elle ne les reverra plus. Enfin, plus vraiment. Au centre commercial ou sur la rue, mais ce ne sera pas la même chose. «On a beau dire que l'on est payé pour faire ce métier, se répète-t-elle souvent, mais il faut aimer les enfants profondément, sinon ce serait l'enfer!»

Julie Massé est nerveuse. Elle souhaite ardemment que cette dernière journée ne se termine pas par un drame: un élève malade ou qui se blesse... C'est pourtant déjà arrivé, il y a deux ou trois ans. Aujourd'hui, elle se sent davantage mère poule que d'habitude. C'est plus fort qu'elle.

Excités et bruyants, les élèves sont maintenant tous à bord de l'autobus jaune curieusement appelé *Blue Bird*. Julie Massé s'adresse alors à eux.

— Je suis contente de voir que vous êtes tous et toutes là pour cette dernière journée. Personne en a profité pour faire l'école buissonnière. C'est une journée historique comme on dit, car c'est la dernière fois, officiellement, qu'on se voit tous. Une fois rendus au secondaire, vous serez tous dispersés.

— Sauf Hugo, Julie, car il va rester avec toi en 6e année!

La réplique ne se fait pas attendre.

— Oui, avec toi aussi, mon petit Fabien!

Fou rire général. Vraiment, il n'en faut pas beaucoup aujourd'hui pour faire rire tout ce beau monde.

— Mais non, mais non, ne vous inquiétez pas, vous allez tous vous retrouver au secondaire (soupirs de soulagement chez quelques-uns!). Bon, avant de partir, j'aimerais vous informer que monsieur Cardinal et madame Bukowski, deux parents, m'aideront à veiller sur vous durant cette sortie. À trois, nous ne serons pas de trop. Nous partons dans quelques minutes, nous arriverons au parc Safari vers dix heures. De dix heures à midi, nous visitons le parc, ensuite c'est le dîner, puis la tournée des manèges. Nous reprendrons l'autobus à 16 heures 30. Le lieu de ralliement est le grand restaurant du parc. Le retour à Sorel est prévu pour vingt heures. Vos parents devraient être là pour vous accueillir. Est-ce que tout le monde a apporté son dîner?

— OOOOoooooooouuiiii, Madame!

— Et son argent de poche?

— OOOOooooooooouuiiii, Madame!

— Décidément, la journée s'annonce longue, dit tout bas Julie Massé.

— Dernière consigne: je vous rappelle, en terminant, une règle élémentaire de

sécurité: je vous demande de rester assis
durant tout le trajet. Je sais que deux
heures et demie... Est-ce que le mot demi
s'accorde?

— Oui, oui, oui, disent Mélanie et Caroline.

— Nooon! crie Fabien.

— Je blague, l'école est terminée pour
cette année, c'est les vacances. Deux
heures et demie, dis-je, c'est long et pénible, alors soyez tolérants et patients.
Est-ce qu'il y en a qui veulent aller au
petit coin avant de partir?

Pas de réponse.

— Bon, c'est parfait. Alors en route,
madame Léveillé! dit Julie en s'adres-
sant à la chauffeure. Assez bavardé, les
tigres du Bengale nous attendent.

Et la professeure prend place derrière
la chauffeure, tandis que les deux parents s'installent au fond de l'autobus.

Monsieur Cardinal souffle à l'oreille de
sa collègue:

— Je ne comprends pas pourquoi les
enfants ont tant insisté cette année pour
aller au parc Safari, puisqu'il y a déjà

beaucoup de babouins dans l'autobus et que les perroquets et les pies ne manquent pas.

On n'a pas fait deux kilomètres que déjà les effroyables et inévitables chansons se mettent à pleuvoir. C'est la chorale de l'école «Écorche-moi les oreilles» qui fait son œuvre. Les adultes ont droit à la bonne humeur exagérée des 32 petits monstres qui vocifèrent à qui mieux mieux tout au long de la route qui les emmène à Hemmingford.

Sorel
Conductrice, conductrice
dormez-vous, dormez-vous?
Pesez donc su'l gaz
Pesez donc su'l gaz
Ça marche pas! Ça marche pas!

Tracy
Là-haut sur la montagne,
Les loups sont en canot,
Les maringouins sont en costume
de bain.
Les mouches à feu ont des babines
de bœufs.

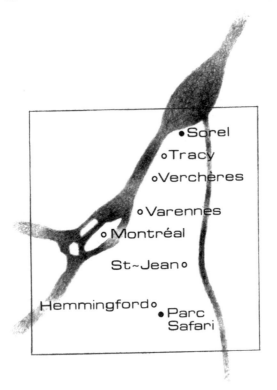

Les éléphants voltigent de branche
en branche...

Verchères
Trois p'tits chats, trois p'tits chats
Trois p'tits chats, chats, chats.

Chapeau d'paille, chapeau d'paille,
  chapeau d'paille
paille, paille,
Paillaisson, paillasson, paillasson,
  son, son,
Somnambule, somnambule,
  somnambule
bulle, bulle...

Varennes
Du steak aux oignons
des pattes de cochon
du pain pas d'beurre
ça goûte le rubber
des bines, des bines
des maudites bines...

Caroline et Hugo y mettent toute leur ardeur. Si ce début de journée avait compté pour un examen, ils auraient passé haut la main. Simon, de son côté, ne chante pas fort. Il se contente de regarder en soupirant la séduisante Caroline qui est maintenant en grande conversation avec le beau Hugo. La vie est drôlement compliquée par bouts.

De son côté, Gabriel est plutôt taci-
turne. Seul dans son coin, il ne chante
pas, il rêve. De temps en temps, il ferme
les yeux; il faut croire qu'il a passé une
dure nuit et qu'il veut récupérer.

Julie Massé jette de temps à autre un
coup d'œil dans le rétroviseur et se contente de sourire à cette bonne humeur
contagieuse. Elle préfère de loin ces
chansons aux bagarres de la cour de
récréation. Le chœur, infatigable, continue:

Saint-Jean-sur-Richelieu
Haut les mains!
Haut les mains!
Donne-moi ton cœur
Donne-moi ton cœur

Puis, à la surprise générale, madame
Léveillé, qui n'avait pas dit un mot depuis le départ, crie de sa voix de stentor:

— On arrive au parc Safari dans cinq
minutes!

— Yaaabbbaaadabadouououou!!! s'exclame en chœur la bande de joyeux lu-
rons.

—C'est à croire qu'ils ne sont jamais sortis de la cour de l'école! s'étonne Julie Massé.

Elle se lève alors pour demander de baisser le ton, ne serait-ce que pour ne pas effrayer les animaux.

L'autobus s'engage lentement dans la réserve. *Une visite au parc Safari, ce n'est pas bête!* affiche une publicité. Déjà certains sont totalement fascinés par les buffles qui les accueillent. De leurs yeux énormes et nullement effarouchés, ils regardent passer ce curieux animal jaune sur quatre roues. Mais les buffles en ont vu d'autres, même si la saison est encore jeune.

«Mais où sont les animaux durant l'hiver?» se demande tout bas Gabriel. Il n'ose pas poser sa question à haute voix de peur de paraître ridicule, lui qui est sensé toujours tout savoir sur les animaux.

«Si, au moins, ils étaient vraiment libres, se dit Gabriel, et pas seulement dans cette fausse liberté. Les barrières sont si hautes. Et lorsqu'on les observe un peu plus longuement, on s'aperçoit que certains animaux semblent plus tristes que d'autres. Certains ont l'air plus résigné. Combien d'animaux sont ainsi dominés par les hommes?»

Julie Massé acquitte le prix du passage de l'autobus scolaire et profite de l'instant pour donner ses dernières recommandations.

— Respectez les animaux, je vous prie. Ne les effrayez pas inutilement par vos cris et vos gestes brusques. Soyez gentils

comme vous l'avez été durant toute l'année (pieux mensonge!).

Elle ne sait pas si tous l'ont bien entendue, tellement ils sont absorbés par la présence des premiers animaux qui les ont accueillis.

L'autobus se dirige maintenant vers le premier enclos: l'Afrique... Les zèbres sont là dans leur pyjama rayé. Les chameaux ressemblent à de vieux tapis de laine, car ils sont en pleine période de mue. Les animaux déambulent tranquillement sous les yeux ravis des jeunes,

car les bêtes, vues de près, impressionnent toujours. La nature dans toute sa splendeur, mais aussi dans toute son incontournable réalité, car les crottes des animaux abondent... et l'odeur empeste jusque dans l'autobus.

Certains élèves ont apporté leur appareil-photo pour immortaliser leur visite. Luc aurait bien aimé se faire photographier en compagnie d'un éléphant ou d'une autruche. Malheureusement, c'est impossible. Mais il n'a pas manqué de photographier la mine ahurie et la langue verte et visqueuse de la girafe qui ne s'est pas gênée pour venir les saluer directement dans la fenêtre. Certains ont poussé de hauts cris, surpris par cette intrusion inattendue... et pas seulement les filles. Un herbivore de 3,5 mètres, c'est fascinant et envahissant.

Neuf cent animaux! Et 54 espèces plus tard, c'est l'heure du ravitaillement...

Presque seul dans son coin, Gabriel a observé le spectacle d'un air songeur. On dirait qu'il a vu tout ça d'un autre œil... Peut-être même celui d'un animal...

3

Fugue de nuit

Qui peut prétendre réussir à maintenir 14 gars et 18 filles surexcités, gavés d'émotions et de Seven-Up, dans un autobus à l'arrêt pendant 15 minutes? Personne. En tout cas, certainement pas Julie, responsable de cette bande d'ahuris; elle est descendue de l'autobus et elle discute avec la chauffeure. La visite est terminée et c'est l'heure du retour. C'est le moment que choisit Simon pour annoncer tout bonnement:

— On ne peut pas partir, Gabriel n'est pas là!

— Bon, encore un traîneux! dit Fabien.

Julie a hâte de retourner à Sorel. La journée a été agréable, mais éprouvante aussi à cause de la chaleur. Et penser qu'il faut encore deux heures et demie de route pour rentrer ne l'emballe pas particulièrement. Agacée, elle lance :

— Pablo et Simon, allez donc voir s'il est dans les toilettes. Et dites-lui de se dépêcher.

Mais Pablo et Simon reviennent bredouilles. Pas de Gabriel.

— Est-ce que quelqu'un l'a aperçu au casse-croûte ? Près des manèges ?

— La dernière fois que je l'ai vu, il errait autour de *La promenade de la jungle.*

Personne n'a rencontré Gabriel. Alors Julie et la chauffeure de l'autobus échangent un regard. La chauffeure, avec un haussement d'épaules agacé, se dirige vers le fond du terrain de stationnement, là où se trouvent les bâtiments de l'administration et les kiosques d'entrée du parc. Pendant ce temps, Julie essaie de maintenir le calme à bord de l'autobus. Mais tout le monde veut redescendre et profiter des quelques minutes d'attente pour repartir à l'assaut des manèges. Julie n'a pas envie qu'un autre de ses turbulents élèves s'égare. Elle soupire et, refusant de se décourager, décide d'utiliser l'arme de la persuasion:

— Essayez de collaborer, je vous en prie. Il ne faudrait quand même pas finir notre sortie de fin d'année par une chicane. Vous le savez qu'on a promis d'être de retour à 20 heures. Certains de vos parents vous attendent à l'école. Aussitôt que Gabriel sera retrouvé, on part. Alors restez donc assis... ça ne va pas tarder.

— Hé! Julie, demande Mélanie. Est-ce que Gabriel s'est sauvé?

— Bien non, il a dû traîner un peu, c'est tout. Vous savez bien comme il aime les animaux. Les gardiens vont le retrouver. J'ai vu partir deux jeeps tout à l'heure. Soyez patients, ça ne va pas être long.

D'un coup, Julie se souvient de quelques lignes qui l'avaient fait réfléchir lorsqu'elle avait lu le feuillet publicitaire sur le parc Safari, quelques jours avant d'entreprendre les démarches pour ce voyage: «... six kilomètres de réserves d'animaux sauvages d'Afrique, d'Eurasie et d'Amérique... des centaines d'animaux exotiques qui circulent en toute liberté». Six kilomètres, c'est grand. Sa mémoire lui présente en vrac toutes ces bêtes qu'elle a vues durant l'après-midi: les rhinocéros, les énormes buffles, les chameaux, les loups arctiques et les autruches trop curieuses à son goût. Elle frissonne en songeant qu'une rencontre avec l'une d'elles, par une nuit sans lune, ne lui dirait rien qui vaille... Julie se souvient aussi qu'on ne laisse plus entrer les voitures après 16 heures. Elle regarde sa montre: 16 heures 30.

Déjà la plupart des voitures et les autres visiteurs ont quitté les lieux. À l'intérieur de l'autobus, les bousculades et les cris se calment un peu. Mais on sent beaucoup d'impatience. Un début d'inquiétude commence d'ailleurs à se manifester. La proximité de tous ces animaux sauvages, et peut-être féroces, renforce ce sentiment. Personne n'a oublié le spectacle des lions se disputant une pièce de viande sanguinolente en poussant des rugissements. Tous en avaient eu des frissons dans le dos.

— Qu'est-ce qu'on fait? On ne va pas s'incruster dans un autobus toute la soirée!

— On sort! On va aller faire un petit tour, suggère Stéphanie qui a horreur de l'inaction.

— Pas question, crie Julie, un peu énervée. Restez où vous êtes!

Mais déjà sept ou huit élèves se précipitent vers la sortie et se bousculent sur les marches.

— Hé! lance madame Bukowski de sa grosse voix, on reste ici!

Surpris, les élèves figent sur place.

— Retournez vous asseoir, dit monsieur Cardinal du fond de l'autobus. On ne va pas commencer à s'éparpiller partout.

— Bien moi, dit Mélanie, je veux aller téléphoner chez nous.

— Pour dire quoi? Que tu es en panne? demande Fabien.

— Bien, j'avais un rendez-vous, ce soir...

— Madame a un rendez-vous...! Oh!

— Je vais aller téléphoner à l'école et on va avertir vos familles qu'on aura du retard, dit madame Bukowski en se frayant un chemin dans l'autobus.

En soupirant et en bougonnant un peu, les élèves retournent à leur place. Mireille dit d'une voix neutre:

— Quand je pense que c'est surtout lui qui voulait venir au parc Safari!

— Ben alors? dit Fabien. Il n'a pas aimé ça, tu penses?

— J'étais avec lui, un bout de temps. Il était très excité quand il a vu les tigres, ses fameux tigres du Bengale, mais après il était tout drôle... Au lieu de regarder les animaux, on aurait dit qu'il cherchait tout le temps à distinguer quelque chose à travers les arbres et les buissons.

Les élèves se taisent. Tous les regards se tournent vers Marie-Ève et le siège vide à côté d'elle. La place de Gabriel justement.

Julie qui s'apprêtait à ressortir revient sur ses pas. Les élèves s'écartent pour lui permettre de s'approcher du siège de Marie-Ève. Elle demande :

— Aurais-tu des soupçons, Marie-Ève? Te souviens-tu s'il t'a dit... des choses?

— Il était bien normal, dit Hugo; vous savez bien que ce n'est pas le genre bavard.

— Ouais! pas comme toi!

— Moi, je me souviens d'une chose quand on a vu les zèbres, fait soudain Caroline, et que Fabien leur criait qu'il était temps d'enlever leurs pyjamas.

— Ah oui! la bande de comiques en pyjamas qui se couraient après! dit Fabien qui répète toujours ses blagues au moins deux fois.

— C'est justement à propos de la blague de Fabien... je me souviens que...

— C'est vrai, interrompt Marie-Ève, on a dit que les zèbres n'étaient pas en pyjama mais en habit de prisonnier, comme les frères Dalton. Puis, Gabriel est devenu blanc: il n'avait pas l'air d'aimer ça du tout. Mais moi, je n'y ai pas fait attention à ce moment-là.

— En tout cas, poursuit Caroline, je

l'ai entendu marmonner: «Enfermé...
toujours enfermé, quand même...» Ça n'a
peut-être pas rapport, mais...

— Moi, dit Simon, maintenant que j'y
pense, j'ai eu l'impression que cette visite ne lui plaisait pas trop, qu'il était
déçu. Il ne disait rien. Il regardait, sans
parler.

— Ah bien ça, c'est le boutte! dit Mélanie avec force. C'est de lui que vient
l'idée de venir au parc Safari pour voir
ses chers tigres du Bengale.

— C'est vrai ce que dit Simon, continue Marie-Ève; pendant le trajet, il m'a
dit que le parc Safari, ce n'était pas
comme un zoo ordinaire où les animaux
sont en cage, enfermés. Il disait que les
animaux ont besoin d'être libres, des
choses comme ça...

— C'est pas une raison pour s'enfuir...
dit Hugo. Surtout ici... Ouache! te vois-
tu passer la nuit en compagnie des chimpanzés? Se faire jouer dans les cheveux,
pendant qu'on dort, par ces dégustateurs
de poux, c'est pas mon rêve!

— Et des hyènes, ajoute Simon, qui ne

blague plus du tout. Celles-là, elles n'ont pas l'air trop trop amicales!

Avant que les élèves n'aient saisi le sérieux de la situation, que Julie, la chauffeure, les divers employés du parc se soient concertés pour prendre les mesures qui s'imposent, le soleil a eu le temps de descendre. Les élèves ont eu amplement l'occasion de se taper sur les nerfs. Mais lorsque le soleil passe carrément derrière les nuages et que le ciel s'assombrit, le temps commence à être long, très long. Un vent s'élève et le ciel roule de gros nuages noirs.

Finalement, le tonnerre éclate à plusieurs reprises en grondements sinistres. Il y a de l'orage dans l'air. Mais la pluie ne vient pas. Le tonnerre continue de se manifester avec fracas, ce qui ne détend pas l'atmosphère. Le vent souffle de plus belle et l'inquiétude grandit dans les cœurs. Les élèves se sont résignés à l'attente, sentant que l'heure n'est plus à la rigolade. Gabriel est bel et bien perdu au milieu des animaux sauvages. Mais est-il vraiment perdu? L'a-t-il fait exprès? Un accident? Personne n'a de réponse. Enfin, une voiture de la Sûreté du Québec arrive et deux policiers en descendent. Après avoir discuté avec les gardes du parc, ils pénètrent dans l'autobus. L'un d'eux se tient à l'avant et dit:

— Si vous voulez bien vous asseoir à vos places. On aimerait vous poser quelques petites questions.

Le silence s'installe et on attend. Le policier tousse et dit:

— Qui se souvient d'avoir vu votre camarade... euh...

Il jette un coup d'œil sur son bloc-notes et continue:

—... Gabriel Blais pour la dernière fois?

Simon dit:

— Moi, j'étais avec lui quand on est revenu près des manèges et de *La promenade de la jungle.*

— Après votre tournée?

— Oui. On a regardé les animaux domestiques et on s'est arrêté près de l'enclos du poney, le poney qui fait des tours avec des enfants sur son dos. Il m'a raconté ce qu'il savait sur ces animaux... et puis, je suis parti me chercher un Seven-Up.

— Quelqu'un d'autre l'a-t-il vu après ça?

Personne ne répond. Le policier reprend:

— Y a-t-il quelqu'un parmi vous qui a remarqué un détail qui pourrait nous être utile? Je pense que vous comprendrez que nous avons besoin de votre collaboration; nous cacher des choses n'arrangerait rien.

L'atmosphère dans l'autobus est assez tendue. Obligés d'attendre et d'attendre, les jeunes camarades de Gabriel ont eu le temps de se poser bien des questions. Personne n'a vraiment rejeté l'hypothèse d'un malentendu, d'un simple retard, mais pourtant... un doute s'est installé dans les esprits. Dans l'esprit de Caroline, de Simon et de Fabien, en tout cas. Si Gabriel avait fait exprès pour se sauver? Avait-il préparé sa fugue? Pourquoi était-il si insatisfait de sa visite au parc? Ces trois-là se demandent s'ils ne devraient pas garder pour eux leurs doutes plutôt que de livrer leur copain à la police.

Comment expliquer que Gabriel semble toujours dans la lune? Et que depuis quelque temps, il ait tant changé? Pourquoi est-il devenu si solitaire et maussade? On ne l'entend plus; on dirait qu'il passe à travers les heures de cours comme un fantôme. Plus rien de la vie ordinaire ne semble avoir de prise sur lui. Cette impression se précise tout à coup dans la tête des trois qui avaient l'habitude de le considérer comme leur ami. Mais rien ne filtre de leurs doutes si ce n'est, peut-être, dans leur regard qui se trouble.

Les policiers n'ont pas obtenu grand chose de plus des élèves. Après quelques coups de téléphone pour avertir l'école et les parents, l'autobus a fini par sortir du parc et prendre le chemin du retour. La sortie de fin d'année a pris une drôle de tournure. Fatigués, oui, mais aussi inquiets, les élèves sont pourtant silencieux et tranquilles. Julie, assise devant, est très angoissée. Est-ce possible de rentrer avec un élève en moins? Ça va lui faire une drôle de réputation!

Ce soir, le voyage vers Sorel est bien différent. Dans la tête de chacun des passagers, une seule pensée circule:

— Comment, diable, Gabriel va-t-il s'en tirer?

4

Battue à Hemmingford

Une battue, c'est une expression de chasse. Cela consiste, pour un groupe de chasseurs, à battre les taillis, à battre les bois pour en faire sortir le gibier. Et le gibier, aujourd'hui, c'est... Gabriel.

Il est 21 heures, et l'équipe de la Sûreté du Québec a installé ses quartiers généraux dans les bâtiments administratifs du parc. Le sergent Vaillancourt, une armoire à glace avec une voix de ténor, dirige l'opération depuis le bureau du directeur.

C'est un endroit habituellement tapissé de photos d'animaux, mais que les policiers de l'escouade ont recouvert de cartes topographiques du parc et de la région immédiate. Des punaises de couleur sont piquées, là où des recherches sont en cours : le plan d'eau, les sentiers, la réserve des animaux sauvages...

Le téléphone n'arrête pas de sonner. Des gens vont et viennent. Le plus énervé, c'est le responsable des relations publiques du parc. Son taux d'adrénaline doit battre des records, celui-là. Une vraie queue de veau. Dire qu'il est là pour rassurer les gens...

— Envoyez du renfort dans la section des animaux dangereux, ordonne le sergent Vaillancourt, en parlant dans son walkie-talkie.

Il allume une cigarette.

— Inutile de demander l'hélicoptère de la Sûreté, ajoute-t-il. Il fait déjà trop noir dehors.

Vaillancourt pose le combiné sur la table et plisse les yeux en portant la cigarette à ses lèvres.

— Je pensais que vous aviez arrêté de fumer, fait remarquer un assistant, en pointant la cigarette de son patron.

Nouvelle sonnerie du walkie-talkie. Le sergent prend l'appareil et cherche des

yeux un cendrier. Il écoute attentive-
ment, puis frappe le poing sur la table.

— Shit! s'écrie-t-il.

Les gens se retournent dans le bureau.
Le sergent n'a pourtant pas l'habitude
des gros mots. Les policiers se regardent
les uns les autres.

— Le chien-pisteur vient de tomber
malade, dit-il pour son entourage. Une
allergie au poil des bêtes sauvages. Il ne
manquait plus que ça!

— Et il faut compter deux bonnes
heures avant d'en avoir un autre, signale
un policier.

— Ouais, fait Vaillancourt en enlevant
sa casquette pour se gratter la tête.
Pourvu que le jeune ne se soit pas perdu
dans *La promenade de la jungle*...

*   *   *

Pendant ce temps, l'autobus scolaire
arrive à Sorel. C'est toujours le silence à
l'intérieur. Mais ce n'est pas un silence
dû à la fatigue des vacanciers. Un si-

lence de mort, alors? N'exagérons rien. Pas pour l'instant en tous les cas...

L'autobus s'engage dans le stationnement de l'école. Tout le quartier est là pour accueillir ses héros. Héros? On imagine déjà la manchette du journal de demain: «Rescapés du parc Safari» ou bien «Frousse dans la brousse!»...

Les jeunes descendent de l'autobus pour se jeter dans les bras de leurs parents. On croirait une scène de survivants d'une catastrophe, tellement les accolades sont chaleureuses. Tout le monde semble bien réconforté. Tout le monde? Vraiment?

Monsieur Cardinal cherche des yeux la mère de Gabriel. Elle n'est pas là.

Les policiers se sont rendus à la brasserie où elle travaille pour l'informer de ce qui s'était passé. Ils l'ont ensuite escortée à la maison pour lui poser «quelques» questions.

Et le père de Gabriel? Mieux vaut ne pas trop compter sur lui pour obtenir des renseignements sur la disparition de son fils. Il séjourne à Cowansville depuis plusieurs semaines. Qu'est-ce qui peut bien retenir quelqu'un si longtemps à Cowansville? Vous ne devinez pas?

La prison! Évidemment. Le père de Gabriel s'est fait pincer pour une affaire de recel. Un crime sans arme et sans effraction. Un vol alimentaire, presque sympathique quoi! Gabriel est d'ailleurs convaincu de l'innocence de son père.

* * *

Gabriel est bien loin de se douter de toute l'agitation que son escapade a provoquée. Blotti contre l'enclos des animaux domestiques, il commence à avoir froid.

Avec la tombée de la nuit, il se demande comment il pourra se débrouiller, seul dans le parc Safari. Bien sûr, il a fait des provisions de nourriture à la cafétéria. Et il a apporté le nécessaire: une couverture, une lampe de poche, de la corde... Mais cela suffira-t-il? Et comment Gabriel pourra-t-il s'échapper du

parc? Les clôtures sont hautes. Elles ont
été conçues pour empêcher la fuite d'un
éléphant. «Oui, mais pas celle d'une sou-
ris», songe-t-il.

Une fusée orange est projetée très
haut dans le ciel. Gabriel sait bien que ce
n'est pas un feu d'artifice pour célébrer
sa disparition. On le cherche. C'est sûr.

— Gabriel! Ici, le caporal Couillard.
M'entends-tu?

Les paroles du policier sont amplifiées
par un porte-voix.

Instinctivement, Gabriel se colle davantage contre l'enclos des animaux. Il
rit dans sa barbe. Tu parles d'un nom
pour un agent de police...

Silence. Un seul bruit, celui de la musique des cigales et des criquets. Un
concert en plein air avec le hibou comme
artiste invité, en seconde partie...

«Ça me prend une meilleure ca-
chette», se dit Gabriel pour lui-même.

Il décide de changer d'enclos, avance à
pas de loup en raison de l'obscurité. Il
s'oriente comme il peut sans se servir de
sa lampe de poche pour ne pas attirer

l'attention. Il sent qu'il approche du but. Malgré ses précautions, voilà qu'il bute sur un objet.

— Aïe, lâche Gabriel d'une voix étouffée pour ne pas alerter les policiers.

Il se penche pour tâter l'objet. C'est du cuir et c'est dur: sans doute une selle de cheval.

Lorsqu'il relève la tête, Gabriel reste figé sur place. Il se trouve face à face avec... une tête d'animal!

— Prrrrrrsh, fait l'animal en s'ébrouant.

— Chut! fait Gabriel.

Gabriel se rappelle bien le poney, qu'il a vu plus tôt cet après-midi faire des tours de piste avec des enfants sur le dos. C'est le manège vivant du parc Safari.

L'animal ne semble pas indisposé par la présence de ce visiteur du soir. Mais il paraît triste, avec sa touffe de crins trop longs qui lui cache le regard.

Est-ce qu'un chercheur s'est déjà penché sur les sentiments des animaux? Quelqu'un s'est-il déjà demandé si les

pensionnaires du parc Safari sont bien
dans leur peau? Que sait-on au juste de
ce qu'éprouvent les animaux au fond
de leur cage ou dans leurs enclos trop
étroits? Le tigre du Bengale rêve-t-il
d'une vraie chasse à l'antilope? L'hippo-
potame, d'une véritable baignade dans
un lac africain au lieu d'une flaque
boueuse? Le chameau, d'une longue tra-
versée du désert?

Gabriel guide le poney vers la sortie de
l'enclos.

*   *   *

Le caporal Couillard pénètre dans le
bâtiment administratif, suivi de ses co-
équipiers. Il dépose son porte-voix sur le
bureau du sergent Vaillancourt qui vient
d'allumer une autre cigarette.

— Introuvable! dit le caporal pour son
patron.

— Mais il doit bien être quelque part,
le sacripant! s'écrie Vaillancourt qui
frappe de nouveau du poing sur la table.

Ça commence à devenir une habitude chez lui...

—À l'aube, patron, il sera facile de le retracer, avec l'aide de l'hélicoptère.

—Qu'est-ce qui te fait penser qu'il veut vraiment qu'on le retrouve? Cette histoire ressemble de plus en plus à une fugue. Les policiers de Sorel ont-ils parlé à sa mère?

Il écrase sa cigarette dans le petit cendrier d'aluminium déformé.

—En attendant le matin, on va cerner le périmètre du parc et continuer les recherches. On ne peut rien faire de mieux pour le moment...

*　*　*

—On sait que c'est difficile pour vous, madame Blais.

—Je vous le répète pour la troisième fois. Je ne sais rien, soupire la mère de Gabriel. C'est assez pénible comme ça. Si en plus, on me soupçonne d'avoir incité mon fils à faire une fugue!

Elle s'interrompt pour essuyer son maquillage qui coule.

— Nous savons ce que vous éprouvez... Nous sommes désolés...

— Je ne sais pas ce qui lui a pris. On s'entend généralement bien tous les deux.

— Généralement?

— Vous savez ce que c'est, un jeune adolescent. On n'est jamais vraiment sûr de ce que ça pense.

— Ça ne pourrait pas avoir quelque chose à voir avec son père? demande un des deux policiers.

— Vous êtes au courant?

— Tout finit par se savoir dans un petit patelin...

— Ouais, fait-elle. C'est sûr que Gabriel est du genre allergique à la captivité. Et qu'il aime les animaux. Mais ce serait quoi le rapport avec sa disparition?

* * *

Caché derrière un buisson avec son poney, Gabriel commence à s'ennuyer de la maison. Il pense à sa mère. Elle va sûrement s'inquiéter. Il aurait dû lui faire parvenir un message pour lui signaler qu'il est sain et sauf. Mais cela aurait peut-être suffi pour faire avorter son plan.

Un frisson lui descend le long de l'échine, puis remonte jusqu'à sa nuque. Est-ce la peur? Est-ce le froid? Gabriel ne saurait dire.

Il est encore plongé dans ses pensées lorsqu'il entend des voix. Des voix qui s'approchent.

Il penche la tête et aperçoit les faisceaux des lampes de poche qui bougent dans l'obscurité. La battue! Il fallait s'y attendre.

Gabriel n'a plus le choix. S'il veut éviter de tomber dans le filet des adultes, il doit mettre son plan à exécution. Libérer le poney sans plus tarder. L'emmener avec lui...

5

La nuit la plus longue

Louise, la mère de Gabriel, ne dort pas encore, malgré sa journée éreintante et ses deux cachets d'aspirine. Il est pourtant 2 heures 15 du matin. Elle est épuisée. Morte de fatigue et morte de peur. Ses pensées tourbillonnent. Le désespoir est au rendez-vous.

— Gabriel, où es-tu? Qu'est-ce qui t'a pris? marmonne-t-elle. Tu voulais attirer l'attention. Eh bien, tu as réussi. Bravo! mon Gabriel. Mais si ça continue comme ça, je vais avoir une syncope avant de fêter mes 40 ans.

Louise continue de parler toute seule.

— Gabriel, tu devrais comprendre que je ne peux pas être partout à la fois: à la brasserie et à la maison. Je tire le diable par la queue, tu le sais bien. J'ai de la

misère à boucler les fins de mois et tu
viens me rajouter un souci de plus. On
n'est pas bien tous les deux? Bien sûr,
moi aussi, j'ai hâte que ton père revienne
et qu'on soit tous les trois ensemble,
mais ce n'est pas encore demain la
veille...

Et Louise continue de divaguer, de
pleurer, de parler seule. Monsieur Cardinal est resté avec elle pour la veiller,
mais c'est plutôt le contraire qui s'est
produit, car monsieur Cardinal ronfle
sur le petit divan en cuirette du salon.

Louise le regarde dormir et l'envie.
Monsieur Cardinal, ce cher René, c'est
une perle dans tous les sens du mot.
Toujours là ou presque, lorsqu'on a besoin de lui. Sa présence la réconforte
depuis que Germain, son mari, est en
prison. Marie et Hélène, ses deux co-
pines, pensent que René lui court après
et qu'il profite largement de l'absence de
Germain pour lui faire la cour. Mais
Louise les laisse parler. Elles ne connaissent rien à l'amitié qui peut unir un
homme et une femme.

Puis, lasse de penser, de réfléchir et de se faire du mauvais sang, Louise finit par fermer les yeux sur sa peine.

Le sommeil devient parfois le meilleur ami pour tout oublier.

* * *

Seul dans la nuit, Gabriel n'a pas vraiment peur. Tout se passe à peu près comme il se l'était imaginé. La nuit noire avec quelques étoiles au-dessus de sa tête. Quelques cris aussi. Un rugissement au loin. Des bêlements, mais rien pour l'effrayer véritablement.

Gabriel est maintenant persuadé que les policiers ont suspendu les recherches. Depuis un bon moment, il n'entend plus les voix provenant des haut-parleurs. Gabriel s'engage dans *la Forêt enchantée,* avec le poney, son nouveau compagnon. *La Forêt enchantée,* c'est le « paradis » des paons, des faons, des chevreuils et de quelques flamants. Les chevreuils le suivent partout où il va. De vraies sangsues ! Ils ont toujours faim et dès que Gabriel s'approche un peu d'une distributrice de maïs, les bêtes se précipitent vers lui et vers la machine. De véritables goinfres! Gabriel fouille dans ses poches pour trouver quelques pièces de 25¢. Par chance, il lui en reste six ainsi qu'un billet de 5$. C'est très peu. Il aurait dû prévoir davantage d'argent, mais ce n'était pas possible. Gabriel sait parfaitement qu'il n'ira pas très loin avec cet argent, mais il compte bien se débrouiller.

D'un naturel généreux, Gabriel s'approche d'une distributrice de maïs et insère coup sur coup les six pièces de 25¢. Il glisse sa casquette sous l'ouverture pour recueillir les grains. Sans attendre son invitation, les animaux se ruent sur lui, le jetant presque par terre. Gabriel rit comme un petit fou. Il aimerait bien satisfaire tout le monde, mais c'est impossible. Pendant qu'un jeune chevreuil mange goulûment dans sa main, il revoit dans sa tête l'air triste des tigres du Bengale qui tournaient en rond dans leur enclos minuscule et ridicule.

C'est insensé, eux qui ont besoin de plusieurs kilomètres de terrain pour chasser et se promener! Et les loups arctiques résolument déprimés et si loin de leur habitat naturel! En passant près de l'enclos des chèvres, il décide de leur ouvrir la porte. Comme des moutons, les petites chèvres suivent les chevreuils, les paons et les flamants. Gabriel songe un instant au docteur Doolittle qui avait le don de parler le langage des animaux. «Ce serait trop beau, rêve-t-il. Ah! pouvoir parler aux animaux...»

«Oui, mais comment sortir d'ici maintenant? Il faut absolument que je déguerpisse avant que le jour se lève», se dit Gabriel, surpris d'être encore en pleine forme au beau milieu de la nuit.

Gabriel sort de son sac le plan du parc Safari et commence à l'examiner avec sa lampe de poche. Le plus simple serait de sortir par l'entrée, se dit Gabriel en souriant. Mais les barrières sont sûrement fermées. Par le stationnement principal, oui, par le stationnement principal! Il a remarqué au bout, qu'il y avait un long bâtiment ainsi qu'un chemin que les camions doivent emprunter pour livrer les marchandises. La clôture devrait s'ouvrir facilement. «Mais je ne peux quand même pas sortir avec tous ces animaux à mes trousses, pense Gabriel, ça n'a aucun sens.» Le jeune garçon puise dans sa casquette pour prendre le maïs qu'il a emporté et il le lance sur l'asphalte dans l'espoir de distancer les animaux qui commencent à le gêner dans sa fuite.

«Je ne sais pas ce que je donnerais pour voir la tête des gardes et des policiers, demain matin, lorsqu'ils apercevront les chevreuils et les chèvres dans le stationnement. Ça leur apprendra à les garder prisonniers», marmonne Gabriel.

Le stratagème semble fonctionner, mais pas complètement. Des animaux le suivent, mais ça ne fait rien. Gabriel poursuit sa marche vers le grand stationnement. Sur le pavé, les sabots du poney font du bruit et cette jeune chèvre qui n'arrête pas de bêler! «Pourvu que personne ne nous entende», songe Gabriel. Le jeune fuyard prend la bête dans ses bras, espérant ainsi la faire taire. L'animal est bien jeune, quelques jours à peine. Gabriel sent son petit cœur battre à l'épouvante. Il lui parle doucement pour la calmer. Il croise finalement le bâtiment de l'administration et la boutique Safari, remplie de bébelles toutes aussi quétaines les unes que les autres. Tout pour attraper les touristes imbéciles et ça comprend aussi les amis de sa classe. Tout pour faire de l'argent sur le dos des animaux qu'on enferme et à qui on n'a pas demandé s'ils voulaient être là.

Et l'étrange caravane poursuit sa marche. Sa marche vers la liberté car Gabriel, lui aussi, commence à se sentir à l'étroit dans ce zoo plein de barrières et de clôtures.

Ni vu ni connu, comme un courant d'air, Gabriel, le poney, six chèvres et trois jeunes chevreuils sortent du parc en pleine nuit. Par une chance inouïe et à cause de l'oubli bête d'un employé distrait, le cadenas retenant la chaîne de la barrière était resté ouvert. Ce n'était pas un oubli bien grave, car la nuit personne n'emprunte ce chemin, pourtant fort achalandé le jour par les camions de marchandises.

«C'est bien beau tout ça, pense Gabriel, mais à présent, je dois trouver une place où aller.»

Renouvelant sa manœuvre, Gabriel retire de sa casquette ce qu'il lui reste de maïs. Il dépose la nourriture par terre et, tranquillement, disparaît à la recherche d'un abri pour la fin de la nuit, avec le poney et une petite chèvre qui a perdu sa mère.

Il traverse la route asphaltée et s'engage dans un champ, bien qu'il soit terriblement fatigué. Soudain, son poney et lui tombent dans un fossé boueux. Gabriel cale jusqu'aux mollets. Il pousse un juron et réussit à sortir de là, sale, trempé et en colère. Le poney n'a pas bronché; Gabriel l'appelle vers lui. D'un bond, le poney saute par-dessus le fossé. Le chevreau entraîné dans la glissade de Gabriel ne semble pas blessé. Il a même

cessé de bêler comme par enchantement.
Et il reste collé contre son protecteur.

Gabriel ressent soudainement une im-
mense fatigue, comme si le stress qui
décuplait ses forces et sa concentration
venait de s'enfuir en ne lui laissant
qu'une fatigue lourde comme une masse.
Apercevant un gros arbre loin de la
route, Gabriel décide de se reposer un
petit moment et de savourer à sa façon
cette douce évasion à la belle étoile.

Seul dans la nature, Gabriel, littéralement crevé, sort de sa poche son *walk-
man* et une cassette. Une cassette fort
précieuse, car elle renferme la voix de
son père. Son père qui lui parle de sa
cellule. Gabriel a écouté au moins cent
fois cette cassette qu'il traîne partout
avec lui. Tout le monde pense qu'il
écoute son groupe préféré, mais c'est la
voix chaude et caverneuse de son père.
Gabriel s'enroule dans la couverture
grise qu'il a retirée de son sac à dos. Il
ferme doucement les yeux pendant que
son père lui parle. Il lui répète toujours
les mêmes choses, mais c'est tellement
doux, tellement apaisant; c'est comme
une musique. Gabriel ne s'en lasse jamais. Il a seulement hâte que Germain
sorte de prison pour le voir, pour sentir
son odeur, entendre sa voix qui lui parle
pour de vrai et non à travers cette petite
boîte en plastique jaune.

*Gabriel, mon grand Gabriel, tu ne
peux pas savoir à quel point tu me manques. J'ai envie de te voir comme c'est pas
possible. Je suis présentement dans ma*

cellule. On vient de finir de souper. En-core du macaroni gratiné trop cuit. Ce n'était pas très bon; franchement la cui-sine de ta mère est bien meilleure. Ah! Ah! c'est une blague. J'ai hâte en maudit de sortir d'icitte, il ne me reste plus que 132 jours, ça veut dire 3 168 heures, 190 080 minutes; tiens, il y en a une autre qui vient de passer. Je blague, mais je trouve le temps très long, affreusement long. Rester en prison, ce n'est pas drôle, surtout lorsque l'on est innocent. J'ai pas tué. J'ai pas volé. J'ai été accusé injuste-ment de recel. J'ai eu beau dire au juge et à l'avocat que j'étais innocent, que je ne savais vraiment pas que c'était du maté-riel volé, ils ne m'ont pas cru. Six mois en taule, c'est long, c'est mauditement long, mais toute chose a un beau côté, je vais sûrement voir la vie d'un autre œil après. On dirait, Gabriel, qu'il faut que quel-qu'un ou quelque chose te manque durant un certain temps pour l'apprécier à sa juste valeur. C'est bête hein, mais c'est comme ça! Tiens, prends ta mère par exemple, je rêve à elle au moins dix fois

par semaine. Je ne pensais pas que je
l'aimais autant. C'est fou hein, mais c'est
vrai. J'ai hâte de te revoir, de faire du ski
de fond avec toi, d'aller voir un bon film,
de manger un big mac, n'importe quoi,
mais être ensemble! En tout cas, Gabriel,
ne désespère pas, je serai bientôt de retour à la maison. Peut-être plus vite que
tu penses, à part de ça. J'attends des
nouvelles de ma demande de libération
conditionnelle ces jours-ci. En tout cas,
on va faire un méchant party quand je
vais sortir, toi, ta mère pis moi, j't'le
promets!

J'espère que tu vas écouter la cassette
jusqu'au bout, vu que tu ne peux pas
venir me voir à la prison. Parce que
j'aime mieux pas. J'ai ma fierté mal
placée un peu, mais c'est comme ça.
Je t'aime mon Gaby. Tu me manques
beaucoup, mais plus pour longtemps...
Attends-moi. Désespère pas. Ça achève.
Prends bien soin de ta mère pendant que
j'suis pas là. Je t'aime. Je t'embrasse.
À bientôt, mon Gabriel...

Gabriel entend le clic de l'appareil et rembobine le ruban pour le remettre au début. C'est comme si son père était là, à côté de lui. C'est un peu ridicule, mais c'est magique. Gabriel a besoin de cette magie métallique pour s'endormir. Si son père le voyait en ce moment, il ne sait pas ce qu'il dirait. Sans doute comprendrait-il son geste. La signification de son geste. Peut-être que non, mais il est trop tard maintenant. Gabriel pense à sa mère qui doit sûrement se faire du sang de punaise à l'heure qu'il est. S'il pouvait communiquer avec elle par la pensée, ce serait bien. Demain, il lui téléphonera. C'est ça, demain il lui téléphonera pour la rassurer.

Gabriel presse sur la touche *play* et la musique recommence :

Gabriel, mon grand Gabriel, tu ne peux pas savoir à quel point tu me manques...

6

Une rage de liberté

— Allô, madame Blais?

— Oui, fait la voix endormie de Louise.

— Euh... c'est une amie de votre fils, Caroline... euh on est deux, je suis avec... ah! madame Blais, on voudrait savoir si vous avez des nouvelles de Gabriel?

Il y a un silence au bout du fil. Louise, qui s'est endormie aux petites heures, essaie de retrouver ses esprits. Elle, que la pensée de Gabriel torture, avait quand même réussi à trouver le sommeil.

— Non, dit-elle lentement; je n'ai aucune nouvelle. Les recherches n'ont rien donné jusqu'à ce matin, en tout cas. Pourquoi voulez-vous...

— Bien, parce que nous aussi on s'in-

quiète. On a hâte de savoir. Excusez-
nous de vous déranger, madame Blais!

— Je suis contente que vous m'ayez
téléphoné. Si vous voulez, aussitôt que
j'ai du nouveau, je vous appelle.

— Oui, oui, c'est ça.

Caroline s'empresse de donner à
Louise son numéro de téléphone. Elle
retourne sur le balcon en disant à Simon:

— Rien de neuf.

Au lieu de dormir ce matin, premier
jour de vacances, Simon s'est précipité
chez Caroline. C'est rare qu'il ait assez
de courage ne serait-ce que pour l'abor-
der, elle, la bolée de la classe, la si belle
que tout le monde aime. Mais le prétexte
de la disparition de Gabriel est une
bonne façon d'avancer un peu dans son
désir de conquête.

— Moi, en tout cas, je ne compterais
pas trop sur la perspicacité des policiers
pour retrouver Gabriel avant demain
soir... si jamais ils le retrouvent! lance
Simon.

— Ne parle pas de malheur, dit Caroline. Il faut être optimiste. Et puis, les policiers ont plus l'habitude que nous dans ce genre de dossiers. Ils doivent savoir quoi faire.

— Oui, mais, si j'en juge par l'image que les films nous donnent de leurs capacités intellectuelles...

— Le cinéma, c'est du cinéma...

— Et dire qu'on reste ici à niaiser au lieu d'aller à la recherche de Gabriel, dit Simon. Si j'avais une auto et si je savais conduire, je me débrouillerais pour retrouver sa trace, tu peux en être sûre.

— Si on avait une auto...

— Quelle idée aussi de se sauver en plein parc Safari. Et dire que je n'ai rien vu de son malaise. Moi, son meilleur ami. Il devait sûrement couver cette idée noire depuis quelques jours. Gabriel n'est pas un gars impulsif; je dirais qu'il garde justement peut-être trop les choses en dedans de lui. Ah! que je m'en veux...

— Ne ·te sens pas coupable, Simon. Personne ne pouvait savoir, assure Caroline.

— Tiens, voici ton frère, dit Simon. Il rentre de bonne heure!

— Il commence à s'entraîner à 6 heures du matin, lui.

Stéphane descend de son auto et lance:

— Vous vous levez tôt pour des gens en vacances!

— On est préoccupé, répond Caroline.

— J'espère que tu as d'autres projets pour les mois qui viennent! dit Stéphane.

Soudain Caroline attrape son frère par le bras avant qu'il n'ait le temps d'ouvrir la porte de la cuisine. Elle lui dit:

— Hé! Steph, aimerais-tu ça rendre un beau gros service à ta petite sœur chérie pour son premier jour de vacances?

— Oh! oh! ça sent mauvais, ton affaire! Tu vas me faire du chantage, hein?

— C'est sérieux, Steph. Il s'agit de Gabriel...

— C'est notre ami, intervient Simon. On pense qu'il a fait une fugue hier soir,

et on aimerait participer aux recherches
au lieu de rester assis à attendre.

— Tu veux rentrer dans la police? fait
Stéphane, ironique.

— Les policiers sont trop lents à notre
goût, répond Simon.

Voyant que son frère ne semble pas
très intéressé à leur cause, Caroline lui
dit:

— Et si c'était ton ami à toi qui était
dans le pétrin, qu'est-ce que tu ferais?

Stéphane regarde sa sœur et dévisage
Simon.

— Je serais inquiet comme vous.
Qu'est-ce que je ferais?

Caroline et Simon ne bronchent pas,
attendant sa réaction.

— Avez-vous au moins une petite idée
où il se cache, votre copain? demande-t-il
enfin.

— Au parc Safari, répond Caroline.

— Dans les environs d'Hemmingford,
sûrement, renchérit Simon.

— Quoi? crie Stéphane. Au zoo! Mais
vous êtes complètement fous.

— Peut-être.

— C'est au moins à trois heures de route d'ici! Et vous voulez que je vous emmène là-bas pour essayer de le retrouver?

— Pas trois heures, juste deux heures et demie...!

Stéphane est bouche bée. Il s'immobilise et dit:

— Vous êtes chanceux que j'aie une journée de congé! Allez, montez dans la voiture. On part tout de suite.

— Super! crie Caroline. T'es mon frère préféré!

— T'as pas un gros gros choix! Mais merci quand même pour le compliment.

Simon attrape son sac à dos et file vers la voiture. Caroline rentre écrire un message d'explication qu'elle aimante bien en évidence en plein milieu de la porte du frigo:

*Partie avec Steph et Simon
en mission spéciale.
Ne vous inquiétez pas.
On se voit plus tard.
Bisous,*

Caroline.

* * *

Gabriel s'éveille: il n'a pas eu froid, les pieds enfoncés sous un buisson et bien enroulé dans sa couverture. Sans bouger, il regarde autour de lui. Une ombre se dresse devant et cache la faible lueur qui vient de l'est.

Le soleil n'est pas tout à fait levé. D'un coup d'épaule, Gabriel secoue la couverture et s'assoit. Il n'a pu dormir que quelques heures, mais il sait bien que ce n'est pas le moment de lâcher. Il tente de distinguer les contours d'une forme devant lui. Et soudain, il se souvient: c'est le poney. Le poney triste avec sa touffe de crins sur l'œil. Il a donc réussi à le

sortir du parc! Se remémorant les péripéties de la soirée, Gabriel réalise bien vite que les fouilles vont sûrement recommencer. Il n'y a pas de quoi crier trop tôt victoire. Il faut continuer à rester caché. Il s'approche du poney et le caresse doucement.

— Il va falloir que je te trouve un nom, lui dit-il tout bas. On verra ça après. Maintenant on s'en va.

Et, sans faire de bruit, Gabriel agrippe la couverture qu'il fourre dans son sac à dos, sans déranger la petite chèvre qui dort. Il la prend dans ses bras et hop! il grimpe sur le dos du poney. Gabriel tient sa crinière à pleines mains, car il n'a pas l'habitude de faire de l'équitation. Mais après un moment, il se stabilise. Le poney contourne un verger et se dirige tout naturellement vers un bois touffu où le vert des feuilles printanières éclate de fraîcheur.

— C'est une bonne idée, dit Gabriel. On sera à l'abri. Vas-y mon vieux! Pégase, ce sera ton nom, veux-tu? Pégase, le cheval volant! Vas-y!

Encouragé par ces paroles, le poney part au trot et fuit vers le bois. Le front fouetté par la brise du matin, le cavalier savoure les caresses du vent sur son visage. Il se délecte du sentiment exaltant d'être seul. Seul avec sa monture et de parcourir le monde avant même que le soleil ne soit tout à fait levé. Il sent le cœur du chevreau battre contre le sien. Ah! quel sentiment de liberté! Mais soudain, on entend distinctement des chiens qui aboient, des bruits suspects. Gabriel presse sa monture:

— Vite, Pégase, fonce!

Et en un temps record, les fuyards pénètrent dans le bois, dorénavant à l'abri des regards, sous les branches.

Plus tard, bien plus tard, Gabriel sort du bois et repère une ferme en bordure d'un chemin qui semble peu fréquenté. La maison de ferme est tout près du chemin. Derrière, il y a une grange et d'autres bâtiments de bois délavés. On ne voit pas âme qui vive. Au loin, on devine le bruit d'un tracteur.

Gabriel est encore atrocement fatigué.

Il a faim, aussi. Il se dit que Pégase doit
avoir faim comme lui. S'il pouvait trouver un refuge dans ce vieux hangar et,
qui sait, de l'avoine pour Pégase...

* * *

Tel que planifié, à l'aube, le caporal
Couillard fait le tour du parc en camionnette, inspectant soigneusement toutes
les clôtures métalliques qui en limitent
l'accès. Puis, retournant à l'intérieur, il
parcourt à pied toutes les installations
où les visiteurs doivent suivre des tracés
surélevés, précis et sécuritaires. Il s'engage dans le sentier des chevreuils. Là
un détail retient son attention: l'une des
distributrices de maïs en grains, que les
visiteurs actionnent avec des pièces de
25¢, est vide. «Pas normal», se dit l'en-
quêteur en poursuivant son chemin vers
les tables à pique-nique, dans une éclair-
cie qui semble passablement déserte. Le
sergent n'est pas très à l'aise dans ses
recherches. Encore s'il y avait quelques
personnes dans les parages, mais se sa-

voir entouré uniquement d'animaux lui
inspire un certain malaise. Il se dirige
vers l'extrémité du terrain en essayant
de repérer, au passage, des traces de pas
dans l'herbe. Soudain, il butte sur... un
tas de crottes. Lui, qui a été élevé sur
une ferme, il s'y connaît en... fumier!
Quand il était petit, les voitures tirées
par des chevaux laissaient leur «carte de
visite» sur le chemin. On appelait ça des
pommes de route! «Des crottes de cheval
fraîches, ici! c'est bizarre», pense soudain le caporal Couillard. Oh! Oh!

L'esprit en éveil, il continue et inspecte minutieusement les hautes clôtures dont la base est enfouie sous
d'épais buissons. C'est ainsi qu'il décou-
vre au fond du stationnement la porte
grillagée où est fixé un panneau: *Entrée
des marchandises*. Aussitôt, il empoigne
son walkie-talkie:

— Ici, Couillard. Je pense que j'ai dé-
couvert le pot aux roses. Amenez-vous au
stationnement. Et renseignez-vous s'il
manque un cheval dans le parc.

— Un cheval?

— Oui, un cheval. Grouillez-vous!

* * *

Les autres policiers affectés à la recherche du fugueur arrivent en trombe
sur le terrain du stationnement désert.
Ils rejoignent le caporal Couillard.

— Alors?

— C'est le poney qui a disparu, pas un
cheval, dit l'un des policiers.

— Tout à fait logique, fait Couillard.
C'est tout?

— Hélas, non. Il semble qu'on signale
la disparition d'une autruche, de tout un
troupeau de chèvres et peut-être aussi
de chevreuils.

— Mais ce n'est pas confirmé. Les gardiens sont en train de commencer leur
propre inspection.

— Pas de bêtes féroces, au moins?

— Des singes, peut-être, mais ça, c'est
pas nouveau...

— Est-ce que les autorités du village
sont averties?

—Vaillancourt s'en occupe. Où est la brèche?

—Pour une brèche, c'en est une vraie! fait le caporal Couillard en menant ses trois collègues vers la grille de l'entrée des marchandises qu'il a pris grand soin de refermer.

* * *

Les vacances sont arrivées, à la campagne comme à la ville. Nancy s'embête. Elle aurait pu se porter volontaire pour accompagner les moniteurs du camp d'été qui font visiter le parc. Mais elle en a assez des hordes d'enfants avec leur sac à dos fluo qui se bousculent sur les passerelles. Elle a assez vu les petits se bousculer et tripoter les animaux, leur tirer la queue et les agacer comme s'ils étaient des jouets en peluche. À 13 ans, elle préfère ruminer son ennui, en se disant qu'une fois ses études finies, elle se dénichera un emploi dans un centre d'équitation, comme elle l'a toujours voulu. Ce que Nancy aime plus que tout, ce sont les chevaux. Avant, il y en avait deux à la ferme. Son préféré, c'était Silver. Elle en prenait soin et elle l'aimait comme une folle. Elle avait commencé à le monter à huit ans. Mais son père a vendu les deux bêtes. Et maintenant Nancy ne sait pas quoi faire de sa peau; elle se promène en bicyclette toute la journée, lit des bandes dessinées cent fois relues et regarde la télé.

Nancy est assise sur la galerie. Le chien dort dans la poussière devant sa niche. Soudain il lève la tête, redresse ses oreilles. Quelqu'un vient sur la route? Nancy accueillerait une visite avec joie. Mais non, personne.

Le chien se recouche. Mais bientôt il recommence son manège et se met à japper. Nancy se lève et regarde sur la route. Il n'y a rien ni personne en vue.

— Pauvre vieux Brad, tu vieillis.

Désœuvrée, Nancy se dirige vers l'ancienne écurie. Elle a envie d'aller caresser encore une fois le cuir de la selle de son cheval Silver.

Les herbes hautes encombrent la

porte. Nancy s'apprête à dégager le verrou mais il est déjà tiré, ce qui ne manque pas de l'étonner un court instant. L'odeur du foin et de vieux cuir la saisit. Elle ouvre et... croit rêver. À ses pieds, dans le foin sec, dort un garçon enroulé dans une couverture grise...

7

Une succursale du parc Safari

— Hum! Hum! fait Nancy, davantage pour attirer l'attention que pour s'éclaircir la voix.

Aucune réaction de Gabriel qui demeure endormi.

Nancy observe le visiteur inconnu. À l'évidence, il s'est servi de l'écurie comme d'une auberge. Ses vêtements sont sales, mais il n'a pourtant pas l'air d'un sans-abri. C'est facile de voir qu'il n'est pas de la région. Impossible pour un étranger de passer inaperçu à Hemmingford. Tout le monde se connaît. Le visiteur a gardé ses petites lunettes rondes pour dormir. Cela fait sourire Nancy.

Gabriel remue les narines lorsqu'un rayon de lumière pénètre par la porte entrebâillée. Il grimace quand une mouche se pose sur son front.

— Hum! Hum! Hum! répète Nancy en haussant le ton.

Nancy entend soudain quelque chose bouger dans l'écurie. Ça ressemble à un bruit de sabots sur la terre battue.

«Un cheval? Dans mon écurie?» songe-t-elle.

Le poney s'avance dans la lumière du jour, radieux après cette première nuit de liberté. Nancy s'approche de l'animal pour lui caresser la tête.

Gabriel ouvre les yeux. Il se redresse sur son lit de fortune.

— C'est toi qui l'as fait s'échapper? demande-t-elle avec un léger accent anglais, sans arrêter de câliner le poney.

Gabriel fait signe que oui.

— Tu es donc la cause de toute cette agitation, la nuit dernière au parc. Mon père s'est porté volontaire pour participer aux recherches policières. C'est drôle. Il a dû te chercher partout. Partout, alors que tu t'étais réfugié dans notre écurie. Tu t'appelles comment?

— Gabriel. Gabriel Blais. Et toi?

— Nancy.

Elle s'approche de lui.

— Aye! Tu saignes...

— Quoi! Je ne m'en suis même pas aperçu...

— Ça n'a pas l'air trop grave, dit Nancy sur un ton réconfortant. Ce n'est qu'une égratignure. Reste ici, je vais aller te chercher un pansement.

Gabriel n'a même pas le temps de la remercier qu'elle a déjà tourné les talons. Elle n'a pas les deux pieds dans la même bottine, Nancy la jolie rousse. Elle comprend vite.

Après avoir pris ce qu'il lui fallait dans la pharmacie de la salle de bain, Nancy sort de la maison en laissant claquer la porte battante.

Munie d'une bouteille de peroxyde et d'un diachylon, elle traverse la route entre la maison et l'écurie abandonnée. Par une étrange intuition, elle décide de contourner le bâtiment. Elle sursaute et revient vite informer Gabriel de son étonnante découverte.

—Veux-tu une belle surprise, Gabriel? Jette un coup d'œil dehors.

Nancy ouvre toute grande la porte arrière de l'écurie.

Cinq chevreuils relèvent simultané-
ment la tête avec curiosité. Un gros gnou
broute en silence le trèfle des champs.
Une bande de chimpanzés s'épouillent
sur la grosse branche d'un vieux chêne.
Un peu plus loin, des chèvres gambadent
allègrement dans l'herbe, un paon
s'avance lentement avant de faire la
roue, enfin, une famille complète de flamants roses orne les abords de l'écurie.
En chair et en os, les flamants, pas en
plastique!

— Mais je voulais seulement libérer le
poney, s'écrie Gabriel.

— Peut-être... mais notre écurie est
maintenant une vraie succursale du parc
Safari. Et ce n'est pas fini. Il y a sans
doute d'autres animaux à proximité de la
ferme. Tu as toute une bande d'amis à
présent, Gabriel. Des amis qui te suivent... et qui vont grandement faciliter
la tâche des policiers dans leurs recherches. Il va falloir bouger. Changer
d'air.

Au moment où Nancy prononce ces

mots, un bébé chèvre pénètre dans l'écurie d'un pas hésitant.

— Séparée de sa mère, cette petite chèvre ne tiendra pas le coup longtemps, avise Nancy. Il faut agir vite.

Elle confectionne rapidement un pansement pour Gabriel. Comme il a la tête ailleurs, il ne joue pas les grands blessés. Il se laisse faire. Il ne grimace même pas quand elle nettoie sa blessure au peroxyde.

*   *   *

— Hemmingford, 5 km, lit Caroline sur le panneau de signalisation. On est quasiment rendu.

— C'est pas trop tôt. Ça fait deux heures et quart qu'on roule, se plaint Stéphane.

Il jette un coup d'œil sur l'indicateur du niveau de carburant.

— Maman va se demander comment ça se fait qu'il ne reste presque plus d'essence, dit-il.

— On aura juste à faire le plein au

retour et on partagera les frais, propose
Simon.

— Ouais, quand on reviendra avec Gabriel, dit Caroline.

Simon observe Caroline. Il se demande
si, dans le fond, elle n'est pas un peu
amoureuse de Gabriel. C'est normal que
lui, Simon, parte à la recherche de son
meilleur ami. Mais Caroline, elle? Pourquoi éprouve-t-elle tant le besoin de
retracer Gabriel? «Et si c'était moi, le
disparu, songe Simon, que ferait Caroline au juste pour me retrouver?»

Caroline voit bien que Simon est dans
les nuages. Elle lui sourit. Il n'en fallait
pas plus pour qu'il chasse ces sombres
pensées de son esprit.

* * *

Les verres à café en styromousse sont
empilés les uns dans les autres. Le cendrier au milieu de la table est bourré de
mégots. Les yeux du sergent Vaillancourt sont cernés jusqu'aux joues.

Vaillancourt n'entend pas à rire ce

matin. Devant lui se tient le directeur du parc. L'air piteux, comme un écolier qu'on vient de prendre en défaut. La conversation n'a rien de cordial.

— Comment ça se fait que l'entrée des marchandises n'était pas cadenassée? Vous êtes en train de me dire que des animaux sauvages sont gardés dans le parc, mais qu'on peut y entrer et en sortir aussi facilement qu'on le veut. J'ai mon voyage...

— Vous savez, l'erreur est humaine, sergent.

— L'incompétence aussi!

* * *

Un client éméché est attablé devant la fenêtre du bar *Chez Roger,* sur la rue principale d'Hemmingford. Son regard absent est fixé sur le verre de bière à moitié vide devant lui. Le *juke-box* chromé joue de la musique country.

Quelques habitués fument au bar et discutent des événements de la nuit survenus au parc Safari.

— Je vous l'assure. C'est Gustave, qui connaît personnellement le gardien, qui me l'a dit. Il manque des chèvres, des chevaux, des cochons, des singes, des flamants, des chevreuils, des zèbres, même des girafes.

— L'éléphant aussi, je suppose. Tu exagères encore.

— Attends de voir ce cirque débarquer chez toi. Tu vas trouver ça moins drôle...

Dans son coin, le client pompette lève les yeux pour regarder dehors.

— Qu'ossé ça? marmonne-t-il.

Il croise le regard ahuri d'une autruche planquée devant la fenêtre de l'établissement. Il se frotte les yeux. Lorsqu'il les ouvre à nouveau, l'autruche a disparu. Volatilisée. Il regarde, interloqué, son verre de bière. Puis, il se lève, enfile son veston chiffonné et dit d'un ton solennel:

— C'est une promesse que je m'étais faite. Le jour où tu commenceras à halluciner, Fred, t'arrêteras de boire. C'est arrivé à matin. Adieu, boisson chérie, notre histoire d'amour est finie...

Fred pousse la porte et quitte le bar *Chez Roger* en titubant, tandis que l'autruche observe avec intérêt cette drôle de créature déambuler sur le trottoir.

* * *

Gabriel est content d'avoir atterri par hasard chez Nancy. Elle est éveillée, ingénieuse et, en plus, elle connaît bien la région. Mais ça n'empêche pas Gabriel d'être complètement désemparé. Déboussolé. Tout ce qu'il voulait, c'était libérer le poney. Il n'avait pas l'intention de semer la pagaille dans le parc, ni de séparer la petite chèvre de sa mère. Pourquoi l'aurait-il souhaité? Maintenant, il en est convaincu, on l'accusera de délinquance. Il a laissé s'échapper, sans le vouloir, toute une bande d'animaux dont certains sont dangereux. Des vies sont peut-être en péril par sa faute.

Risque-t-il de rejoindre son père en prison? Bien sûr que non. Il est trop jeune. Mais il pourrait bien aboutir dans un horrible centre d'accueil.

Gabriel est de plus en plus confus. Comment, à présent, faire avaler son aventure aux autorités policières? Comment raconter ça à sa mère? Sa mère! Il ne lui a pas encore parlé. Elle est peut-être morte d'inquiétude à l'heure qu'il est.

Toutes ces questions tourbillonnent dans la tête de Gabriel.

Nancy lui dit:

— Mieux vaut ne pas se faire repérer par les policiers tout de suite. On peut sans doute réparer une bonne partie des dégâts sans l'aide de personne. Mais pour ça, il nous faut du temps.

— Du temps, répète machinalement Gabriel.

— Rentrons les animaux. Après, j'irai au village leur acheter de la nourriture.

Ils réussissent tant bien que mal à faire pénétrer les animaux à l'intérieur, y compris les singes les plus turbulents. Heureusement que Nancy a pu trouver des bananes... Même le gnou abandonne à contrecœur son petit paradis de trèfle pour entrer dans l'écurie.

Nancy laisse Gabriel seul avec les animaux.

— Ne bouge surtout pas avant mon retour.

Gabriel prend la petite chèvre dans ses bras. Sa poitrine est haletante. L'animal souffre et Gabriel se sent démuni, impuissant devant cette pénible scène.

— Mais qu'est-ce que je pourrais faire? Si au moins j'avais un biberon...

* * *

Au village d'Hemmingford, Stéphane gare la voiture devant la porte du dépanneur.

— C'est le meilleur endroit pour se renseigner, dit Caroline. Ces gens-là connaissent tout le monde et savent tout.

— En plus, ils ont de la bouffe, ajoute Stéphane en se frottant la bedaine.

— On sait bien. Tu ne penses toujours qu'à manger, toi. Tu as l'estomac à la place du cerveau, blague Caroline.

Les trois enquêteurs en herbe entrent à l'intérieur. Mine de rien, ils interrogent la dame à la caisse. Elle les renseigne sur les animaux disparus.

— Non, la police n'a toujours pas retrouvé le jeune de Sorel, répond la dame à l'une des questions de Caroline. Vous le connaissez?

— C'est un de nos amis, dit Simon, incapable de garder le secret plus longtemps.

Nancy, qui vient d'entrer, a entendu la dernière phrase. Elle écoute attentive-

ment la conversation des trois jeunes
avec la caissière.

Elle inspecte les étagères. Ne trouvant
pas de moulée, elle met la main sur un
sac de nourriture pour chiens. Elle paye
et quitte les lieux, non sans jeter un coup
d'œil au groupe d'adolescents.

Lorsqu'ils sortent du dépanneur quelques minutes plus tard, Nancy s'approche d'eux.

— Soyez sans crainte, votre ami est en
sécurité. Il est sain et sauf. Je sais où il

se cache et je peux vous indiquer le chemin.

Ils montent dans la voiture. En route, Nancy leur explique ce qui s'est passé pendant la nuit. Elle leur dit que Gabriel s'est mis dans un sacré pétrin. Les autres écoutent bouche bée. Ils n'arrivent pas à y croire. Leur ami, Gabriel, Gabriel le sage, Gabriel le rêveur, à l'origine d'un pareil charivari. Renversant!

Ils arrivent enfin à l'écurie, excités à l'idée de revoir leur ami. Nancy est la première à sortir du véhicule avec son sac de nourriture. Elle court ouvrir la porte.

— Youhou! C'est moi, Gabriel. Tu n'as rien à craindre... Oh!!!

Les autres se précipitent derrière elle, consternés par ce qu'ils voient. Sur un tas de paille séchée, gît le corps inanimé de la petite chèvre.

— Où est passé Gabriel? demande Caroline avec inquiétude.

— Je ne comprends pas. Il était là il y a une demi-heure.

— Disparu, murmure Simon.

8

Dans le pétrin, jusqu'au cou

— Merde! Merde! Et merde, fulmine Gabriel en sortant de la grange. Je ne voulais pas, mais vraiment pas que cette petite chèvre meure à cause de moi! Ce n'est pas ma faute. Ce n'est pas ma faute, crie Gabriel à tue-tête.

Mais dans le fond, il sait très bien que c'est lui le grand responsable de tout ce branle-bas. Cette idée aussi d'aller libérer le poney...! Que faire maintenant sinon que de parler à quelqu'un. Quelqu'un qui va le comprendre. Que faire d'autre que téléphoner à sa mère comme il se l'était d'ailleurs promis la nuit dernière.

Gabriel marche et marche. Deux kilomètres pour se rendre au village; en automobile, c'est une affaire de rien, mais à pied c'est une autre histoire. De nos jours, on n'est plus tellement habitué à marcher.

—Enfin, ça va me permettre de réfléchir à ce que je vais lui dire, murmure Gabriel.

Gabriel imagine un instant faire la une du *Journal de Montréal* avec un titre à sensation comme: *Un garçon de 12 ans se perd au parc Safari!* ou *Un garçon libère une vingtaine d'animaux!* ou encore *Panique à Hemmingford, un jeune garçon est avalé par un tigre!*

Gabriel pousse la porte du dépanneur et fouille dans sa poche. Il lui reste suffisamment d'argent pour acheter un petit gâteau et un jus. Évidemment, ce n'est pas le déjeuner complet et idéal, mais il n'a guère le choix. Il jette rapidement un coup d'œil sur les gros titres des journaux. Rien. Absolument rien. Il est rassuré dans un sens, mais un peu déçu en même temps. Lui qui pensait devenir l'ennemi public numéro Un.

Après avoir fait rapidement le tour du

dépanneur pour trouver ce qu'il cherche, Gabriel dépose sur le comptoir le chausson aux pommes et le berlingot de jus.

— C'est combien?

— 1,78$

— Où puis-je téléphoner? demande Gabriel.

— Il y a une cabine téléphonique là-bas, juste au coin de la rue. Mais dis-moi, tu n'es pas de la place, toi? Tu es en vacances chez des parents, des amis? questionne la caissière curieuse.

— Oui, chez mon oncle... pour quelques jours, répond Gabriel en rougissant un peu.

— Et il s'appelle comment ton oncle?

Le jeune garçon se sent coincé comme un fauve en cage. Mieux vaut reprendre son aplomb et répondre n'importe quoi et vite, plutôt que de ne rien dire. Si au moins il savait le nom de famille de Nancy...

— Beauséjour... Ernest Beauséjour.

Puis Gabriel glisse sur le comptoir deux pièces de 1$ et attend sa monnaie pour déguerpir aussitôt. Gabriel a fran-

chi la porte depuis quelques instants
déjà, mais la caissière lève les yeux au
plafond en répétant tout haut:

— Beauséjour?... Beauséjour... ça ne
me dit rien... absolument rien. En tout
cas, j'ai rarement vu autant de jeunes si
tôt le matin...

C'est avec la bouche pleine que Gabriel compose le zéro pour demander à la téléphoniste de faire un interurbain à frais virés pour lui. Gabriel est nerveux. Il avait préparé son petit boniment pour sa mère, mais maintenant il reste sans voix. C'est le vide dans sa tête. Il faudrait qu'il laisse parler son cœur, voilà tout. Si sa propre mère ne le comprend pas, qui pourra le faire?

Gabriel se râcle la gorge. Ses mains sont moites. Il les essuie maladroitement sur ses *jeans*. La sonnerie se fait entendre trois fois.

— Un appel à frais virés de la part de Gabriel Blais; acceptez-vous les frais?

Louise Blais n'en croit pas ses oreilles et elle bégaie:

— ... J'accepte... Oui... Oui... J'accepte les frais.

— Très bien, parlez...

— ... Maman, c'est Gabriel... laisse-t-il échapper dans un filet de voix.

— Gabriel, mais Gabriel, veux-tu bien me dire où tu es? Je suis morte d'inquiétude.

— Je suis à Hemmingford, maman. Je m'excuse, mais...

— La police te cherche partout. Pour l'amour du ciel, qu'est-ce que tu as fait cette nuit? As-tu mangé au moins? Où as-tu dormi? Ça n'a aucun sens? Pourquoi as-tu fait ça? Je ne comprends rien...

— Maman... maman, laisse-moi tout t'expliquer. Je ne sais pas par où commencer, mais je suis dans le pétrin. J'ai les deux pieds dans la bouse de vache. Et j'en ai jusqu'au cou.

— Bon, raconte-moi tout. L'important, c'est que tu sois en vie.

— Tantôt... tantôt, sanglote Gabriel, une petite chèvre est morte dans mes bras. Si tu savais ce que ça m'a fait. Ce n'est pas vraiment de ma faute; dans un sens oui, mais dans un autre, non! Enfin, j'ai libéré un poney et figure-toi qu'une vingtaine d'animaux se sont échappés du parc Safari, avec moi, hier soir...

— Je sais... Je sais, balbutie sa mère.

J'écoute les nouvelles à la radio depuis
6 heures ce matin.

— Hein! On parle de moi? demande-t-
il, avec une pointe de fierté.

— Oui, on parle de toi, mais il n'y a
pas de quoi faire le frais, je t'assure.

— Je ne sais plus quoi faire. Je ne sais
plus quoi penser, coupe Gabriel.

— Si tu es assez grand pour te fourrer
dans le pétrin, je pense que tu es aussi
assez grand pour t'en sortir, lui répond
sa mère en adoptant un ton un peu plus
ferme. Tu es capable de prendre tes
responsabilités. Cette chèvre est morte
et on ne peut pas la ressusciter. Il reste
les autres animaux... Et si tu ne veux
pas te sentir responsable de la mort
d'une autre bête, il faut que tu réagisses
rapidement. Penses-tu pouvoir trouver
un moyen pour les ramener au parc?
Moi, j'ai confiance en toi. Et c'est important que ce soit toi qui le fasses. Tu me
comprends, Gabriel. Je suis avec toi.

— Oui, m'man...

— Est-ce que tu penses qu'il y a une
autre solution?

—Je ne sais pas. Ce que cette mort m'a fait comprendre, en tout cas, c'est que la liberté ce n'est pas nécessairement ce qu'il y a de mieux pour ces animaux... Ils sont démunis dans la nature. Ils ne savent pas où trouver leur nourriture. On dirait qu'ils ont perdu leur instinct.

—Tu ne crois pas si bien dire, mon pauvre Gabriel! C'est beau de vouloir changer le monde à ton âge, Gaby, mais il te reste encore bien des croûtes à manger. Bon, courage, il faut maintenant affronter la réalité. À toi de trouver la meilleure façon pour réparer les pots cassés... et le plus tôt possible sera le mieux.

—... Sans me faire prendre?

—Sans te faire prendre si tu veux... si tu peux! Tu n'es pas obligé de faire de la prison, toi aussi...

Déjà Louise regrette ces paroles.

—Oh! excuse-moi, Gabriel, je ne voulais pas te faire de peine. C'est sorti tout seul. Je suis vraiment désolée.

—Mais non, ce n'est rien... Je t'avoue

que moi aussi j'ai hâte que papa sorte de
là, tu sais. Dans le fond, je crois que ce
sont les animaux en captivité qui m'ont
fait penser à lui. Cette visite m'a profondément révolté, je le sentais avant même
d'y aller. La captivité me choque comme
ce n'est pas possible. Je ne peux pas
souffrir de voir un animal en captivité...
alors, encore moins quand c'est mon
père.

— Patience, il va sortir bientôt. Peut-
être plus vite qu'on pense s'il obtient sa
libération conditionnelle.

— Bon, bien, maman, je vais te laisser,
sinon ça va te coûter une beurrée en
frais d'interurbain.

— Oui, peut-être, mais ce n'est pas
à tous les jours que tu me téléphones
d'Hemmingford. Bon, je t'embrasse et
tâche de réparer tes bêtises comme il
faut. Et toute la planète n'est pas obligée
de savoir comment tu t'y es pris.

— Merci, maman. Je t'embrasse. Je
suis content que tu comprennes mes
conneries, comme tu dis. Je suis content
aussi de pouvoir compter sur toi aujour-

d'hui. Je pensais vraiment que t'étais
pour me tuer au téléphone.

— Ce n'est pas l'envie qui me manquait. Allez, je t'embrasse. Bonne chance
pour le reste !

Gabriel raccroche avec un soupir de
soulagement. Le pire reste encore à faire
et il ne sait vraiment, mais vraiment pas
comment s'y prendre. Il aura tout le
temps d'y penser sur le chemin du retour. Il sait aussi qu'il peut compter sur
la belle et précieuse Nancy.

Les deux mains enfoncées dans les
poches, Gabriel presse le pas en direc-
tion de la montée Roxham. La conversation avec sa mère l'a secoué et l'a remis
bien à sa place. Mais, curieusement, il
a aussi le goût de tout plaquer là et de
s'en retourner en faisant du stop jusqu'à
Sorel. Mais il se dit aussi que ce n'est
pas une façon de vivre et que cette décision pourrait le hanter durant des mois
et des mois.

Le songeur solitaire revient bien vite
sur terre lorsqu'il aperçoit, à 500 mètres

devant lui, deux voitures de police qui barrent la route.

Tout se complique.

Gabriel pense vite. Puis, sournoisement, il s'engouffre dans les buissons pour rejoindre la ferme de Nancy. Il contourne quelques bâtiments, traverse un petit verger et, à pas de loup, finit par retrouver l'écurie.

Maintenant qu'il est hors de danger, pour l'instant, Gabriel laisse trotter d'autres questions dans sa tête:

— Comment vais-je faire pour retourner les animaux au parc? Les policiers vont-ils m'accuser d'enlèvement? Y a-t-il d'autres animaux qui vont mourir par ma faute? Et le chevreau, il faudra bien l'enterrer quelque part.

Gabriel ouvre doucement la porte de l'écurie. Son cœur s'arrête de battre. Une chaleur lui monte à la tête. Il y a beaucoup de monde dans l'écurie. Nancy est là, mais elle n'est pas seule! Quatre personnes lui sautent dessus sans crier gare. Nancy l'aurait-elle dénoncé? On lui ébouriffe les cheveux. On crie son nom. On le bouscule. Suffisamment fort pour le faire basculer dans le foin.

«Ça y est, je suis pris!!», pense-t-il dans un éclair.

Pourtant, Nancy arbore son plus beau sourire. Puis, peu à peu, tout s'éclaire. Il reconnaît ses amis.

—Ah c'est toi, Caroline. Tu m'as fait une de ces peurs! Salut, Simon! Je suis content de te voir.

—Moi, c'est Stéphane, le frère et... le chauffeur de Caroline, dit celui-ci en s'avançant.

— Merci d'être venus me retrouver. À cinq, nous ne serons pas de trop pour trouver une solution intelligente à toute cette affaire.

* * *

Nancy s'est portée volontaire pour enterrer la chèvre au grand soulagement de Gabriel! Il se serait bien acquitté de cette tâche, mais ça ne lui déplaît pas de voir Nancy s'en occuper.

— À la ferme, avait-elle dit, on a l'habitude de côtoyer la vie et la mort à tous les jours. Une pouliche peut donner naissance à un poulain et, deux jours plus tard, une vache meurt. Ou encore, on tue deux ou trois poulets pour faire un festin. Ne vous en faites pas, avait-elle ajouté, devant le regard ahuri de Caroline et de Simon, je vais l'enterrer dans le champ derrière l'écurie.

Et, dans un geste solennel, Nancy avait pris le corps inerte de la bête dans ses bras, puis elle avait quitté les lieux sans se retourner.

* * *

Ça discute ferme et fort dans l'écurie. Et de la discussion, jaillit la lumière, dit-on...

— Oui, mais s'ils ne veulent pas, tu connais les policiers...

— Ça ne marchera jamais, je te dis.

— Mais oui, ils vont nous écouter jusqu'au bout. Il faut être optimiste dans la vie. Il faut être confiant...

— Oui, je pense comme toi, les animaux ont aussi des droits et il faut qu'ils soient respectés.

— Entièrement d'accord, j'ai même un livre sur le sujet chez moi. Ça pourrait nous être utile.

— D'ailleurs, voici mon plan. Ça mijote fort depuis un bon petit moment là-dedans... Il faut que ça marche, ça ne peut pas faire autrement. On ne perd rien en essayant. Tout d'abord, on va prendre la remorque et...

Et les adolescents viennent d'attraper leur première réunionite... la maladie des discussions sans fin!

9

Une réunion à l'écurie

Louise a terminé sa conversation téléphonique avec son fils depuis trente secondes. Pourtant, elle est encore là, immobile et silencieuse, la main sur le combiné.

Elle a essayé tant bien que mal de contenir ses émotions et de parler doucement sans tenir compte de son cœur qui bat à un train d'enfer. Et surtout, elle s'est appliquée à parler bas, pour ne pas réveiller monsieur Cardinal dans le salon.

C'est vrai que les paroles de Gabriel l'ont surprise et rassurée en même temps. Toute l'angoisse de la dernière nuit s'est dissipée au son de sa voix au bout du fil. Elle repense aux mots qu'il a dits: «*La liberté, ce n'est pas néces-*

*sairement ce qu'il y a de mieux... pour ces
animaux...»*

Durant toutes ces heures d'attente, elle avait une peur secrète qui la rongeait: est-ce que Gabriel va devenir un voyou, un révolté? Va-t-il faire des mauvais coups pour se venger de ce que le système fait subir à son père?

Jamais ces interrogations n'avaient quitté son esprit. Louise avait souvent envie de hurler, mais, ce matin, elle a compris que Gabriel ne serait jamais un voyou. Au contraire, il garde intact en lui son idéal de pureté et de droiture, et pour cela elle remercie le ciel. «Mais mon fils s'est quand même mis les pieds dans les plats», réfléchit Louise.

Elle entend à peine la respiration lente de son protecteur — un drôle de protecteur qui passe son temps à dormir! — tandis que les idées tournent et tournent dans sa tête. Le souvenir de la voix de Gabriel, ses mots inquiets et affectueux prononcés en tremblant ne s'effacent pas de sa mémoire. Elle sent

des larmes lui piquer le bord des pau-
pières.

Subitement, elle hausse la tête; et d'un
mouvement énergique, elle se lève et va
réveiller monsieur Cardinal.

— Monsieur Cardinal! Votre auto est
en bas? demande-t-elle abruptement.

Un peu ahuri de se faire réveiller,
l'homme balbutie:

— Oui... euh! ça doit...

— Alors, levez-vous, dit Louise d'une
voix ferme, on part!

— Où ça? bégaie-t-il.

Puis Louise se souvient de la promesse
faite à Caroline, la camarade de classe
de Gabriel. Elle fouille dans les papiers
sur la table et retrouve le numéro noté
rapidement. Une voix féminine lui répond:

— Caroline est partie avec son frère
pour la journée. Qui l'appelle, s'il vous
plaît?

— Laissez faire, ce n'est pas... je rap-
pellerai.

Louise raccroche et quitte son logis en

compagnie de monsieur Cardinal qui se demande où ils s'en vont si rapidement.

* * *

Gabriel, qui ne pensait pas revoir si vite ses amis, comprend combien leur amitié est précieuse. Leur présence le rassure et il sait qu'avec eux, maintenant, il saura trouver le meilleur moyen de réparer ses méfaits.

Nancy referme soigneusement la porte de l'écurie derrière eux et, parlant à voix basse, ils tentent de rassembler les animaux. Quel spectacle que ces chimpanzés perchés sur les poutres lançant leurs pelures de bananes sur les flamants, les chèvres gambadant dans le foin sec et le paon bien sage dans son coin! Seul le gnou semble un peu déprimé: il renifle avec dégoût la nourriture que Nancy lui a proposé.

—Voyons, c'est un herbivore, dit Simon, fier de sa mémoire; comme une vache!

Mais il faut parer au plus pressé.

Quand Nancy sort, Gabriel s'assoit dans le foin et fait signe aux autres de laisser les animaux se débrouiller. Il faut prendre une décision et faire quelque chose, mais quoi?

Tous les quatre discutent encore quand Nancy revient avec une longue corde enroulée sur l'épaule. Elle les regarde et s'assoit au milieu d'eux. Avec son accent qui les fait sourire, elle dit :

— Ça peut peut-être servir, non?

Gabriel enchaîne :

— Il faut qu'on retourne les animaux au parc. Il n'y a pas à sortir de là.

— Mais il y a un barrage routier, dit Stéphane. On a eu du mal à le franchir nous-mêmes!

— Moi, je peux vous mener à l'entrée, par une autre voie, dit Nancy.

— À pied? Avec notre ménagerie?

— Mon père ne se sert pas du tracteur en ce moment. On a une espèce de *trailer*[1] fermé qu'on peut tirer derrière le tracteur.

---

[1] remorque

— Au moins pour mettre les flamants, les chimpanzés et les petites chèvres!

— Les autres on va les attacher l'un à l'autre.

— Et le poney? demande Nancy. On le garde?

Tout à coup, Gabriel échange un long regard avec la jeune fille. Il sait dorénavant combien elle aime les chevaux; elle lui a tout raconté de son bonheur d'en prendre soin et de les monter. Il l'a vue caresser Pégase et lui parler dans le creux de l'oreille. Il voudrait lui faire plaisir, mais il sait bien que c'est impossible.

— Je veux le garder, ici; ils vont penser qu'il est perdu, dit Nancy.

Caroline, Simon et Stéphane se regardent, ne sachant pas comment réagir.

Voyant l'hésitation de ses compagnons, Nancy se lève soudain, le visage rouge. Elle a l'air fâché, mais elle hésite; on dirait qu'elle ne sait plus pourquoi elle s'est levée. Puis, elle lance:

— Tu me l'as dit, toi-même, Gabriel, que c'était affreux de voir ce pauvre poney tourner en rond, *like... like... a puppet*[2] avec des enfants sur son dos. Des enfants qui lui tirent les crins et lui donnent des coups de pied!

La colère l'embrouille. Elle se met à parsemer son discours de mots anglais qui sortent de sa bouche avec agressivité.

— Un cheval... c'est un... *wonderful being... he needs*[3] la liberté!

En entendant ce mot, Gabriel sent renaître en lui tout à coup la fureur qui l'a fait agir l'autre nuit, quand il a conduit le poney vers... la liberté, justement. Son geste n'aura donc pas été inutile, car il comprend maintenant qu'il y a une chose qui lui tient à cœur: le respect qu'on doit aux animaux. Il sait bien que les jardins zoologiques ont leur raison d'être, que les animaux qui y vivent doivent être protégés. Il se souvient de tous ces ouvrages qu'il a consultés sur le monde animal. Il se rend compte que petit à petit, une notion vague avait fait

---

[2] comme... comme une marionnette
[3] un être merveilleux... il a besoin de...

son chemin en lui. Elle est là, maintenant, dans sa tête, toute claire et simple.
Une notion qui dépasse le mot *liberté*.

Gabriel va vers Nancy et lui prend la
main en la tirant pour qu'elle revienne
s'asseoir, près de lui, cette fois.

— Nancy, dit-il doucement, j'ai quelque chose à te proposer. Viens t'asseoir,
on va en discuter.

Et Nancy toute tremblante, elle qui
avait déjà amorcé le geste de partir,
s'assagit et s'assoit près de lui avec les
autres.

* * *

Les policiers surveillent les allées et
venues sur les routes avoisinantes. On a
établi trois barrages routiers, dont un en
plein village. Après sa découverte, le
caporal Couillard a continué d'arpenter
les abords du parc Safari. Il fait réguliè-
rement rapport à son chef, le sergent
Vaillancourt, qui dirige les opérations de
l'intérieur du parc. Soudain, il distingue
un mouvement inusité au bout du pré

voisin. Avant de s'énerver, il va vers la
camionnette et saisit ses jumelles.

Il regarde avec attention le tracteur
qui s'avance. Il est encore assez éloigné.
Puis, sans perdre une minute, il commu-
nique avec le quartier général.

— Sergent Vaillancourt, ici Couillard.
Je suis au barrage routier sur la 202. J'ai
du nouveau!

— Quel genre de nouveau? demande le
chef d'une voix lasse.

— Je pense que quelqu'un ramène les
animaux... avec un tracteur...

— Un tracteur par ici, c'est plutôt normal.

— Mais je vous assure que les animaux qu'il ramène sont... euh plutôt exotiques pour des animaux de ferme.

— Est-ce qu'ils sont loin?

— Ils se rapprochent lentement.

— Pensez-vous que le jeune en fuite
est avec eux?

— Je ne peux pas dire...

— Restez calme; laissez venir. J'arrive.

* * *

Rendus en vue de l'entrée du parc
Safari, monsieur Cardinal et Louise ne
peuvent plus avancer. Des autos attendent à la queue leu leu. Après un moment, Louise s'impatiente. Elle sort de la
voiture pour voir ce qui se passe. Deux
voitures de police barrent la route; rien
ne bouge ni dans un sens ni dans l'autre.
Louise sent son cœur se serrer. Elle se
dirige vers les policiers pour demander

des nouvelles, quand des exclamations retentissent dans son dos. Elle tourne la tête et voit arriver un curieux cortège.

Un tracteur, conduit par une jeune fille rousse, traverse un pré et se dirige vers la barrière du zoo. À ses côtés un jeune garçon est assis. L'engin tire une remorque fermée qui semble bourrée d'animaux. On entend les bêlements plaintifs et des cris aigus qui ne rappellent ni le caquètement des poules ni le grognement des cochons!

Derrière eux vient une série de bêtes retenues par une corde et menée par trois jeunes gens déterminés.

Le temps semble s'être arrêté. Doucement, le tracteur avance. Tout autour, aussi bien sur la route que dans les environs, le silence s'est installé. On dirait que tout le monde retient son souffle. Puis, le bruit du moteur s'amplifie, on distingue mieux les accompagnateurs.

Les gens sont sortis de leur voiture : ils ont les yeux braqués sur le tracteur et sa suite. Dès la minute où Louise a tourné la tête, elle a reconnu la silhouette de son fils avec la fille rousse. Elle ne cherche même pas à savoir qui sont ces autres qui l'accompagnent. Elle sourit et revient à toute vitesse prendre place dans la voiture aux côtés de monsieur Cardinal.

Mais quand Gabriel passe tout près d'elle, elle s'empresse de sortir encore une fois et, en silence, elle le fixe. Il la voit et rougit. Puis, en souriant, il élève une main décorée d'un bandage et agite

une enveloppe comme pour la lui mon-
trer. Louise ne prononce pas une parole,
et laisse son fils parcourir jusqu'au bout
le chemin qu'il s'est tracé.

10

Des bruits de sabots
sur la 202

L'attroupement qui s'est formé au bord de la route ne cesse de grossir. On surveille la progression du groupe. Louise Blais et monsieur Cardinal cherchent à se faufiler au premier rang, parmi les fermiers en camionnette, les adolescents à bicyclette, les visiteurs venus au parc et surpris d'assister à ce défilé imprévu.

— On ne garde plus les animaux derrière les clôtures? demande une femme.

— Je suppose qu'ils les sortent de temps en temps, répond l'homme qui l'accompagne. Pour leur faire prendre l'air... C'est beau de voir que le parc Safari s'humanise, conclut-il le plus sérieusement du monde.

Lorsque le cortège arrive à la hauteur du barrage policier, le sergent Vaillancourt fait signe à Nancy d'immobiliser son tracteur. Elle descend du véhicule.

—Allez! Circulez, dit-il à l'intention des curieux.

Le sergent s'adresse ensuite au groupe de jeunes.

—Lequel d'entre vous est Gabriel Blais?

Les cinq amis gardent le silence. Gabriel cherche du regard sa mère dans la foule. Il ne la voit plus.

Simon s'avance d'un pas.

—C'est moi, dit-il en baissant la tête.

—Je suis la vraie coupable, renchérit Caroline.

—Vous n'êtes pas drôles! réplique le sergent. Et vous n'améliorez pas votre cas...

—Monsieur, je suis celui que vous cherchez, dit Gabriel en s'avançant d'un pas.

—Allez, on vous embarque, répond l'agent de police. Toi aussi, fait-il en désignant Nancy.

— Ah oui! Et sous quelle accusation?

— Conduite d'un véhicule motorisé sur une voie publique, sans avoir l'âge légal!

Gabriel s'approche du policier.

— C'est moi le grand responsable. Je suis prêt à répondre de mes gestes. Mais avant de m'emmener, nous avons des choses à dire au directeur du parc. Nos demandes sont raisonnables, vous verrez.

— Minute, mon jeune! Ici, c'est moi qui décide ce qui est raisonnable et ce qui ne l'est pas...

Deux photographes surgissent de la foule en jouant du coude. Armés de leurs appareils, ils immortalisent la scène, comme on dit dans le milieu journalistique. Clic! Clic! Clic!

Gabriel essaie d'imaginer la tête que feront ses amis quand ils le verront dans les journaux du lendemain. Fera-t-il la première page? Il se demande ce que son père en pensera. Il se sent devenir important... sous le regard agacé du sergent Vaillancourt qui choisit de se faire discret en présence des photographes.

— Bon! dit ce dernier pour mettre fin au manège. D'accord! Je vous laisse rencontrer le directeur. Mais je vous avertis. Il a déjà porté plainte. Et je serais surpris qu'il change d'avis. Suivez-moi.

Une petite foule s'est rassemblée près de la porte: on se bouscule et on s'agite. Les gardiens massés aux abords du pavillon de l'administration sont devenus des agents de la circulation et refusent de laisser entrer les badauds. À l'intérieur du bureau, l'atmosphère est plutôt tendue.

Gabriel est passablement nerveux. Son enveloppe à la main, il s'adresse au directeur général du parc qui n'affiche pas un grand sourire, il faut bien le reconnaître.

— D'abord, commence Gabriel en le regardant, je viens m'excuser de vous avoir causé des ennuis et des inquiétudes à vous et à tout le personnel du parc.

Il jette un coup d'œil aux deux policiers debout dans un coin du bureau. Un reporter a réussi à se faufiler; il tend

son magnétophone en avant pour capter toutes ses paroles. Gabriel toussote et continue :

— Mes compagnons et moi, nous vous demandons de bien vouloir prendre connaissance de nos réclamations. Elles concernent, entre autres, les conditions de travail du poney et de l'éléphant. Ces demandes, nous les avons écrites parce que nous pensons que d'autres que nous

auront envie de les faire tôt ou tard.
Elles sont basées sur la *Déclaration universelle des droits de l'animal* que vous connaissez sûrement.

Gabriel ouvre son enveloppe, déplie sa feuille et lit le texte qu'il a rédigé sous la dictée de Caroline:

Premièrement, nous demandons que les enclos des tigres, des lions et des loups arctiques soient agrandis, car ils limitent leurs mouvements et briment leur relative liberté.

Deuxièmement, nous demandons que, dans la mesure du possible, les visites des enfants de groupes scolaires soient bien préparées par une présentation qui met en évidence le respect dû aux animaux. On veut qu'ils cessent d'agacer les animaux, de les tripoter et de rendre leur vie insupportable. Nous sommes prêts à collaborer activement à ce projet.

Troisièmement, nous demandons que cessent immédiatement les tours à dos de poney et d'éléphant, car ils représentent une atteinte à la dignité de ces animaux.

Nous avons signé:
Gabriel, Nancy, Stéphane, Caroline et
Simon.

Après la lecture, Gabriel s'avance et remet la lettre au directeur. Celui-ci hésite à réagir, le regard embarrassé. Puis il dit:

— Nous allons soumettre vos propositions à notre prochain conseil d'administration.

— C'est quand? demande Gabriel.

— Dans deux semaines. Le mardi six.

— Nous tenons à discuter nous-mêmes de nos demandes. Pouvons-nous assister à votre réunion?

Le directeur est visiblement embêté. D'un coup d'œil, il cherche des appuis autour de lui. Ses yeux tombent sur le magnétophone du reporter. Il sait bien que ses moindres propos vont faire le tour de la province, alors...

— Je ne vois pas d'inconvénients à ce que vous veniez nous exposer vos idées, lance-t-il d'une voix ferme en s'efforçant de paraître calme.

Soudain, un gardien du parc entre dans le bureau et déclare:

— Tous les animaux sont rentrés, Monsieur. Tout est en ordre...

— Bon! dit le directeur s'approchant du sergent Vaillancourt.

Les deux hommes discutent un moment à voix basse. Ils échangent quelques mots avec le gardien qui vient de faire son rapport. Finalement, le sergent Vaillancourt dit:

— Vous pouvez retourner chez vous. Comme les animaux sont de retour, le directeur du parc retire sa plainte.

Soulagés, les jeunes s'empressent de quitter le bureau du directeur. Les copains se regardent du coin de l'œil, sans dire un mot. Ils pensent au petit chevreau enterré là-bas.

En sortant, Gabriel voit sa mère. Il se précipite vers elle et la serre très fort dans ses bras. Il s'en éloigne ensuite pour rejoindre Nancy.

— Bon, bien, c'est ça, Nancy, souffle Gabriel. Je crois qu'il faut y aller. Mais avant de partir, je voudrais te dire que sans toi, jamais je ne serais arrivé à m'en sortir.

— Mais oui, mais oui, le rassure Nancy.

— Bon, bien, je vais y aller, répète mollement Gabriel.

La joie de retrouver ses amis à Sorel se mêle à l'envie de prolonger son séjour à Hemmingford.

— Ouais, répond Nancy qui ne sait pas quoi dire non plus.

— De toute façon, on peut s'écrire ou se téléphoner...

— ... il y a aussi la réunion du conseil d'administration dans deux semaines, précise Nancy. Car si on veut que les choses bougent réellement, il faut être là pour défendre notre point de vue.

— C'est fou, j'allais presque l'oublier. On va se revoir bientôt. C'est super!

— Gabriel! viens-t'en, il faut partir, lui dit sa mère.

— Oui, oui, j'arrive.

— Bon, eh bien! je t'embrasse, et à dans deux semaines.

Gabriel s'approche de Nancy et, très délicatement, pose ses lèvres sur les siennes. L'espace d'une seconde. L'espace d'une éternité.

Nancy est tout de même un peu surprise. Mais si Gabriel ne l'avait pas embrassée, c'est elle qui l'aurait fait.

—Allez, Gabriel, viens! s'impatiente sa mère.

Monsieur Cardinal, malgré l'agitation autour de lui, en profite tout de même pour faire un petit somme derrière son volant. Louise n'en revient pas et esquisse un léger sourire.

«Toujours en train de dormir quelque part, celui-là», pense-t-elle.

Gabriel s'engouffre finalement dans la voiture. Le visage à la portière, il n'arrête pas de saluer Nancy qui, tout doucement, disparaît petit à petit.

* * *

Une fois rendus à Sorel, Gabriel, sa mère et monsieur Cardinal sont littéralement pris d'assaut par une poignée de journalistes de la région et par une vingtaine d'amis de l'école. Même Julie Massé, son prof, est là et assiste à la scène les larmes aux yeux.

— Gabriel, je suis si contente de te voir enfin revenu sain et sauf. J'étais très inquiète, tu sais.

Mais Julie Massé n'a guère le temps de s'émouvoir davantage. Une horde de garçons se rue maintenant sur Gabriel pour lui arracher des révélations.

— Comment c'était la nuit au parc Safari?

— C'était tout manigancé d'avance, ton affaire, hein Gabriel?

— Gabriel, c'est supercapotant ton histoire!

— T'en as fait tout un barda! Qu'est-ce qui t'as pris? Tu voulais jouer à la vedette peut-être?

— Gabriel, toi qui n'attires jamais l'attention, tu as réussi et du premier coup, à part ça! Sacré Gab, va!

— Gabriel Blais, j'aimerais te parler cinq minutes, s'il te plaît, dit un journaliste.

* * *

Le lendemain matin, il est presque midi et Gabriel dort encore. Avec toutes ces émotions et la dure nuit qu'il a passée à Hemmingford, c'est tout à fait compréhensible. Il sort peu à peu de son sommeil à cause d'un chatouillement qu'il ressent à la nuque. Une vilaine mouche vient encore troubler son sommeil. Gabriel a beau essayer de l'éloigner avec la main, rien à faire. Elle persiste à tournoyer malicieusement autour de son oreille.

Finalement, Gabriel ouvre les yeux bien grands et...

— Tu dors dur, mon Gabriel, dit une voix rauque et chaleureuse.

Gabriel s'assoit brusquement et bien droit dans son lit.

— Papa! Papa! Papa! Tu es de retour! On t'attendait seulement dans quelques semaines...

— Je suis sorti ce matin et je viens tout juste d'arriver. Il était temps, car tu commençais à vouloir me voler la vedette...

— Comment ça?

Et son père brandit le journal au bout du nez. Il y a un court article à la page 14 avec une photo. Gabriel reconnaît Nancy et ses amis, ainsi qu'une partie des animaux entassés dans la remorque. Gabriel lit rapidement le texte.

— Ce qui est le plus important, papa, c'est que tu sois enfin là!

— C'est ce que je pense aussi, dit-il en prenant amoureusement la taille de sa femme qui vient d'arriver dans la chambre.

— Ce qu'il y a de mieux et de plus beau, c'est la liberté retrouvée, reprend Louise.

— Et cette liberté a un goût d'œufs, de jambon et de café bien frais, proclame Germain en souriant. Allons déjeuner ensemble! Ça fait tellement longtemps que je n'ai pas mangé avec ceux que j'aime le plus au monde.

Et ce matin-là, à Sorel, dans un modeste quatre et demi, trois personnes savourent en silence le goût de la liberté.

Table des matières

Collection

Lectures-ViP

*Cette collection regroupe les plus beaux textes littéraires publiés dans la revue **Vidéo-Presse**. Écrits par nos meilleurs écrivains québécois pour les jeunes, ces textes expliquent et décrivent l'imaginaire des adolescents, suscitent réflexions et initiatives, et évitent les prescriptions idylliques.*

Achevé d'imprimer
en octobre 1993
sur les presses de
Imprimerie Métrolitho

Imprimé au Canada — Printed in Canada